KB251345

치과 불안 없애는 40가지 방법

Getting rid of dental anxiety 40 Ways

치과 불안 없애는 40가지 방법

성민재 지음

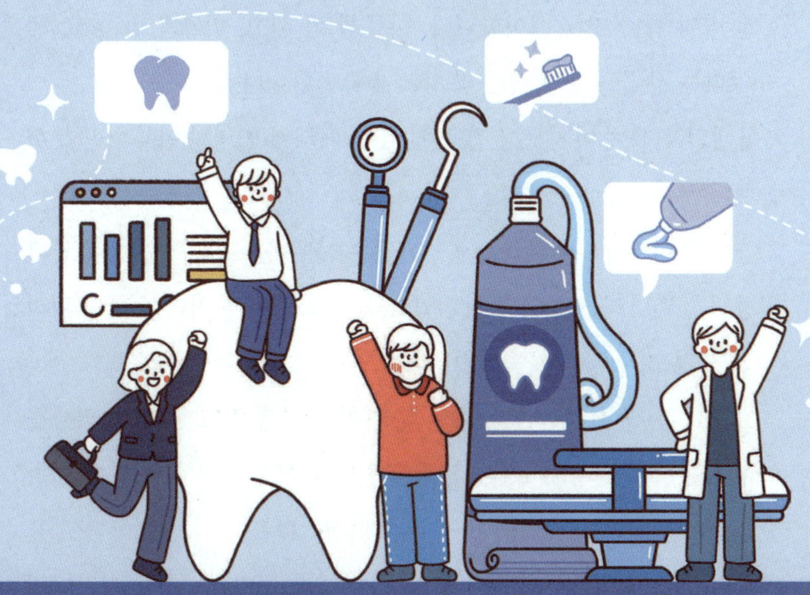

좋은땅

2024년 어느 여름날, 아침에 눈을 뜨니 눈꺼풀이 따가웠습니다. 시린 증상이 있고, 눈물이 자꾸 나고 눈꼽도 끼었습니다. 10년 전 라섹 시술을 받고 나서 가끔 시렸는데, 덜컥 겁이 났습니다.

'눈이 잘못되면 어떡하지?'

'병원가기 무서운데 어떡하지?'

'안과에서 수술하자고 하면 어떡하지? 너무 무서운데…'

'시간내기 어려운데 얼마나 치과를 비워야 하지…'

전 병원 가는 것을 싫어합니다. 아플까 봐 싫고, 비쌀까 봐 싫고, 좋지 않다는 사실을 알게 되는 것 자체가 불편합니다.

아내의 권유에 마지못해 집 근처 공덕 메디컬 빌딩의 안과에 방문했습니다.

나이 40이지만 전 낯선 곳에 가는 것이 불편합니다. 접수하고, 안과 원장님을 기다리는 동안 긴장되었습니다. 무엇을 물어봐야 할지 정리가 되지 않고, 걱정이 가득했습니다.

이윽고, 원장 선생님을 만나서 몇 가지 검사를 하고, 결막에 외상을 입어 시큰한 증상이 있고, 꽤 심해 염증도 있어 안약과 먹는 약을 처방받았습니다. 다행히 큰 상처가 아니라 금방 나을 거라는 이야기도 들었습니다. 2, 3분의 시간 동안에 상담과 진단이 끝났습니다. 원장님의 설명이 끝난 후 약 10초간의 정적이 흐릅니다. 전 걱정되는 것이 많았고, 궁금한 게 많았습니다. 언제쯤 나을 건지, 이게 흔한 건지, 내가 치과 의사로서 밝은 빛을 자주 접하는데 괜찮은지 등등… 의사선생님은 불친절하지 않았습니다. 오히려 말투와 눈빛이 부드러운 편이셨습니다. 하지만 전 우물쭈물거리다 궁금한 것은 묻지 못하고 "감사합니다." 인사 후 원장실을 나왔습니다. 너무 바보 같은 질문을 할까 봐, 그리고 바쁜 원장님 시간을 뺏는 것 같아 차마 물어보지 못했습니다.

그 순간, 깨달았습니다. 나는 환자분들께 시작과 마지막을 질문을 해야겠다고. 저처럼 생각이 정리되지 않거나, 쑥스러움이 많은 사람들에게는 따뜻한 열린 질문으로 pain point를 찾아내겠다고. 그리고 해결해 드리겠다고.

그래서 질 좋은 장인 정신으로 치과 불안을 제거하겠다고 결심했습니다.

그래서 치과 의사로서 내 일에 더욱 자긍심을 갖고 보람 있게 치료를 하겠다고.

그래서 치과 불안을 제거하기 위해 집요하게 탐구하겠다고.

그래서 치과 환자들의 머릿속 물음표를 지우겠다고.

그래서 미소 지으며 나가게 하겠다고.

이 책은 그런 제 치과 불안을 제거하는 40가지 탐구의 기록입니다.

차례

2부 치과 불안 해결법

치과 불안의 감정

1장

치과 복도에서 심장이 뛰는 이유

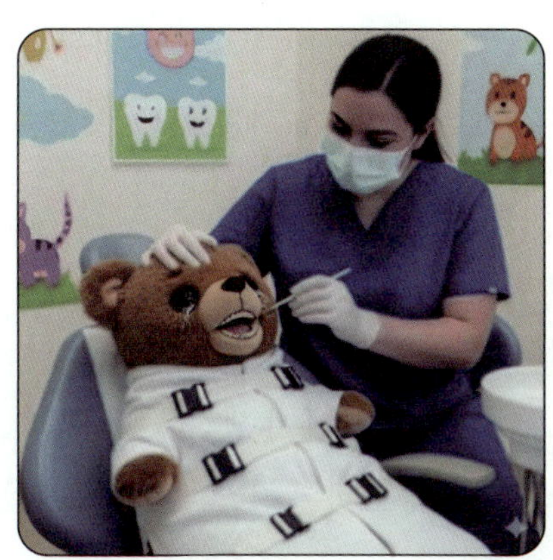

치과에서 어린이 치료할 때 강제로 묶는 패디랩

■ 공포

"으어어엉!!!!!! 크으어어엉!!!!"

치과 대기실에서 울부짖는 아이가 있다.

우는 소리를 뚫고 치과 스케일링, 기계 돌아가는 날카로운 소리가 들려온다.

아빠는 "괜찮아, 안 아파, 금방 끝나"라고 하지만, 아이는 목과 얼굴이 벌개질 정도로 소리 지르며 울고 있다. 그 아이의 상상 속은 톱과 망치와 펜치를 들고 강제로 이를 빼 버리는 상황 속에 들어가 있다.

치과는 누구에게나 '두려움의 장소'가 된다.

태어나서 처음으로, 누군가 내 민감하고 소중한 입안을 강제로 침범하는 경험을 하기 때문이다.

몸을 맡기고, 소리를 견디고, 내 눈에 보이지 않는 일을 당해야 하는 곳.

그래서 대기실의 몇 분이, 어떤 사람에게는 몇 시간처럼 길다.

힘들게 시간 내서 온 어린이 환자들의 보호자들에게는 미안하지만, 어른으로 빗대면 강제로 묶어 놓고 하는 치과 치료는 '고문'이다.

■ 불확실함

'아픈 곳'보다 '모르는 곳'이 더 무섭다.

공포심은 통증보다 '불확실함'에서 생긴다.

우리가 치과를 떠올릴 때 느끼는 떨림은 실제 고통보다

"무슨 일이 벌어질지 모르는 두려움"에 가깝다.

치과에 오면 수많은 미지의 질문이 생긴다.

마취 주사가 얼마나 아플까? 기계는 어떤 소리를 낼까? 의사는 화내지 않을까?

치아를 구멍 내는 게 얼마나 시리고 아플까?

이런 '상상의 질문들'이 뇌 속에서 증폭되며 심장을 더 빨리 뛰게 만든다.

심리학자 에펠(Epel, 2000, Health Psychology)은 말한다.

"인간은 불확실한 고통을 예측 가능한 고통보다 훨씬 두려워한다."

매를 맞을 때 알고 맞는 것과 눈 가리고 맞는 것은 그 고통 수치는 비슷할지라도 공포심은 다르다. 가리고 맞는 것이 훨씬 더 두렵다.

■ 오감

치과는 다섯 가지 감각이 동시에 깨어나는 공간이다.

진동하는 기계음, 치과 특유의 냄새, 차가운 기구, 눈부신 조명, 그리고 입안의 감촉.

이 감각들이 한꺼번에 몰려오면, 몸은 즉시 '경계 모드'로 전환된다. 심장이 빨라지고, 손끝에 땀이 차고, 입은 마른다.

이건 단순히 겁이 많은 게 아니다. 몸이 스스로 자신을 지키려는 본능이다.

특히 인간이 가장 소중하고 민감하게 생각하는 얼굴.

그 얼굴에서도 감각적으로 민감한 입안이다. 치과 치료가 가장 무섭고,

치과 의사가 마취에 대해 최초로 발명한 것은 우연이 아니다.

■ "괜찮아요"라는 말이 왜 통하지 않을까

많은 보호자들은 아이에게 이렇게 말한다.

"괜찮아, 금방 끝나."

하지만 그 말이 아이를 더 불안하게 한다.

아이의 두려움은 논리로 움직이지 않기 때문이다.

그들은 '괜찮다'는 말을 경고음처럼 듣는다.

'괜찮다고? 그럼 뭔가 나쁜 게 올 거야.'

성인도 다르지 않다.

대부분의 어른은 "별거 아니에요"라는 의사의 말보다,

조용히 눈을 맞추며 "많이 긴장되시죠?"라고 말해 주는 의사를 더 신뢰
한다.

공포를 없애는 말은 위로가 아니라 공감이다.

'당신이 무섭다는 걸 이해합니다.' 그 한마디가 마음의 문을 연다.

■ 의자에 앉기 전, 가장 중요한 일

치과 공포를 극복하는 첫걸음은

"내가 얼마나 무서운지 충분히 공감해 주는 의료진"이다.

치료는 의자가 아닌 '신뢰의 시작점'에서부터 이미 시작되고 있다.

의사는 환자의 몸이 아니라 마음의 준비 정도를 먼저 진단해야 한다.

나는 "○○○ 님, 기분이 어떠세요?"로 시작해서 2,3번 질문한다.

"별로시구나~ 어떤 게 가장 신경 쓰이거나 불안하세요?"

■ '믿을 수 있는 사람'이라는 신호

치과 공포를 줄이는 가장 확실한 방법은 '사람'이다.

무슨 약을 쓰느냐, 어떤 장비를 쓰느냐보다,

환자가 "이 사람이라면 괜찮을 것 같다"는 믿음을 느끼게 하는 것이
훨씬 중요하다.

심리학자 고틀립(Gottlieb, 2005, Journal of Behavioral Medicine)은
말한다.

"인간의 신뢰는 말보다 표정과 시선의 일관성에서 형성된다."

따뜻한 눈빛, 일정한 말투, 조용한 리듬의 목소리…

이런 것들이 공포의 파도를 잔잔하게 만든다.

■ 나도 한때 무서웠다

사실 나도 어릴 적엔 치과가 무서웠다.

고등학생 때 충치가 생겨서 의자에 누웠는데,

의사 선생님이 신경 치료를 했다.

크게 아프지 않았고, 힘들지 않았음에도 불구하고

너무 무서워서 마무리하지 못한 채 몇 년 방치했다.

(치과대학교 입학하고 선배께 치료받았다.)

그래서 지금은 어떤 아이가 눈을 꼭 감고 있을 때,

그 표정을 보면 그때의 나를 본다.

공포를 이해하는 의사만이 신뢰를 설계할 수 있다.

그 기억이 나를 더 부드럽게 만들고, 환자에게 천천히 다가가게 한다.

■ 심장은 '신뢰'를 만나면 안정된다

신기하게도, 두려움을 느끼던 사람도

손을 잡아 주면

호흡이 가라앉고, 손의 떨림이 멈춘다.
그리고 함께 심호흡을 하면
온몸의 긴장이 풀어지는 것이 느껴진다.

두려움은 사람에게서 생기지만,
신뢰 또한 사람에게서 회복된다.
치과 공포증의 해결의 핵심은 장비나 통증이 아니라,
의료진의 관심과 공감이다.

■ 두려움을 없애려 하지 말고, 다루어야 한다

치과 의사는 공포를 '없애는 사람'이 아니다.
그건 누구도 할 수 없다.
우리가 해야 할 일은 그 공포를 조용히 옆에 앉히는 일이다.
두려움이 사라지지 않아도 괜찮다.
그저 함께 견디는 동안, 공포는 점점 작아진다.
그리고 어느 날, 환자는 깨닫는다.
"예전보다 덜 무서워졌어."

■ 문을 여는 것은 발이 아니라 마음이다

치과 복도에서 심장이 뛰는 이유는
몸이 아니라 마음이 그 문턱을 넘지 못했기 때문이다.
하지만 신뢰는 마음의 문을 먼저 열게 한다.

문짝은 그대로인데, 세상이 달라진다.

공포는 결코 부끄러운 감정이 아니다.
그건 우리 모두의 자연스러운 반응이며,
치유의 출발점이다.

환자분들은 누군가 이렇게 말해 주길 바란다.
아니, 누구보다 내가 이렇게 듣길 바란다.
"괜찮아요, 무서워도 괜찮아요."

2장

9살 국민학생이던 시절의 내 치과기억

이가 아프고 냄새가 났다.

엄마 손에 이끌려 바로 치과로 갔다.

'경산 ㄱ치과'

지금도 한자리에서 30년째 진료하는

정말 존경스러운 원장님이다.

아말감으로 어금니 3개를 때우는 평범한 치료였다.

아프진 않았다.

그런데… 무서웠다.

치과 치료가 무서운 것도 있지만

'치과 의사'

'치과위생사'

선생님들이 혼낼까 봐 무서웠다.

입을 크게 벌리면 턱이 아프고,

덜 벌리면 혼날까 걱정됐다.

자꾸만 턱이 다물어지는 걸 어쩌란 말이냐…

실제로

선생님은 다정했지만,

나는 왠지 조심해야 할 것 같았다.

마스크 너머의 표정이 보이지 않아서,

그 안에 어떤 감정이 있는지 알 수 없었다.

그게 오히려 더 무서웠다.

기계의 소리,

치과특유의 냄새

이 치과 특유의 냄새는 유지놀 냄새입니다.

유지놀은 치아 진정 효과가 있지만,

치과 재료들의 접착력이 낮아지는 이슈로 요즘엔 거의 안 씁니다.

"통증보다, 긴장이 먼저 온다."

그날 치료는 오래 걸리지 않았다.

하지만 기억은 이상하게 또렷했다.

"안 아플 거예요."라는 말과 달리,

시린 감각이 마치

치아를 뚫고 턱끝까지 번지는 느낌이었다.

그 차가움이 마치 이 안쪽으로 빨려 들어가는 듯했다.

지금 생각해 보면,

그 시림은 단순한 감각이 아니라

내가 아무것도 선택할 수 없던 순간

그 자체의 '공포'였다.

나는 그저 누워 있었고,

내 입 안에서 무언가가 이루어지고 있었다.

아무도 나를 다그치지 않았지만,

나는 그 시간 내내 긴장했다.

그때의 나는 '아픈 게 싫었던 아이'가 아니라

'어른들의 공간에서 조심해야 했던 아이'였다.

치과는 내게 치료의 장소가 아니라,

잘해야 하는 자리였다.

"아이의 마음부터, 그리고 몸의 신호부터 본다."

시간이 흘러 나는 치과 의사가 되었다.

그리고 가끔,

진료대 위에 누운 환자의 표정 속에서

그때의 나를 본다.

눈을 질끈 감은 아이,

뻣뻣한 어깨,

떨리는 숨결.

그럴 때마다 나는 조금 더 천천히 움직인다.

치료를 시작하기 전에 물을 마시게 하고,

기계를 작동시키는 것을 보여 주며 말한다.

"자 보세요~이걸로 네 치아를 깨끗하게 해 줘요~.

직접 한번 해 볼래?"

그리고 나는 마취나 진료 중

환자의 발끝을 본다.

발끝이 들리거나, 뻣뻣하게 굳어 있다면

말로 표현하지 않아도

그 순간 환자는 무섭다.

그럴 땐 뒷예약이 밀리거나 일정이 빠듯해도

나는 치료를 잠시 멈춘다.

"괜찮으세요? 잠깐 쉬어 가죠."

그 짧은 질문 하나가 긴장을 녹인다.

여지없이 '에휴~' 하면서 급히 가글 하고

곧 편안해하신다.

공포는 공감으로 줄일 수 있고,

신뢰는 배려로 키운다.

나는 항상 생각한다.

어떻게 하면 지금 환자를 만족시키고

소개로 이어질 수 있을까?

9살의 그날,

아무도 나를 힘들게 하지 않았지만

내가 느낀 두려움은 분명했다.

그 기억 덕분에 나는 오늘도

조금 더 조심스럽고,

조금 더 따뜻하게 환자를 만난다.

그리고 진료가 끝날 때

환자가 감동하면

그날 난 행복한 마음으로

퇴근한다.

Dentistry is a work of love.

감사합니다.

3장

의자에 앉기 전, 도망치고 싶은 마음

"오늘은 안 하면 안 될까요?"

"오늘은… 그냥 안 하면 안 될까요?"

진료실 문 앞에서 이런 말을 들을 때가 있다.

예약까지 하고, 마음먹고 오셨지만

마지막 순간이 되면 발걸음이 멈춘다.

몸은 이미 진료실 안에 있지만,

마음은 아직 문 밖에 있다.

나는 그 마음을 안다.

치과 의자 앞에 서면

누구나 잠시 도망치고 싶어진다.

그건 의지가 약해서가 아니라,

몸이 스스로 자신을 지키려는 자연스러운 반응이다.

"이해받을 때, 마음이 조금 열린다."

무섭다고 말하는 건 용기다.

그 한마디를 꺼내기까지

사람들은 얼마나 오래 망설였을까?

그래서 나는 환자가 그런 말을 하면

항상 이렇게 대답한다.

"그럴 수 있어요.

무서울 수 있어요.

언제든 괜찮아요.

원하실 때 하시면 됩니다."

치료는 강요할 수 있는 게 아니다.

하지만 행동하지 않으면

상태는 좋아지지 않는다.

그 사실을 알지만,

무서움이 먼저 오는 사람들도 있다.

나는 그 마음을 충분히 이해한다.

그래서 말해 드린다.

"저는 무섭지 않게,

최대한 편안하게 도와드릴게요.

오늘은 잠깐 이야기를 나누는 걸로 해도 괜찮아요."

그 말 한마디에

눈빛이 조금 달라진다.

'이 사람은 나를 몰아세우지 않겠구나.'

그 마음이 생기면

치료는 이미 반쯤 시작된 것이다.

"행동이 변하면, 인생이 바뀐다."
나는 그런 환자들을 자주 만난다.
오랜 세월 동안 치과를 피하다가
용기 내서 문을 여는 분들이다.
그중 한 분이 기억에 남는다.
30대 후반의 남성, 조○ 님.
치과가 너무 무서워서
30년 동안 단 한 번도 치료를 받지 못했다.
통증이 있어도, 치아가 부서져도
늘 참고 지내셨다.
하지만 어느 날, 아이가 물었다고 했다.
"아빠는 왜 치과 안 가?"
그 말에 용기를 내서 오셨다.
처음엔 의자에 앉지도 못하셨다.
나는 서두르지 않았다.
며칠은 그냥 이야기를 나눴다.
치료 계획을 함께 세우고,
하루하루 단계를 밟았다.
그리고 결국, 모든 치료를 마치셨다.
그날 그분은
"선생님 덕분에 제 인생이 바뀌었어요."
라고 말씀하셨다.

그 이후, 부모님과 자녀 세 분도 함께 오셨다.

가족 전체가 환자가 된 셈이다.

나는 그분이 용기로 시작한 변화가

세대를 이어 가는 신뢰가 되었다고 생각한다.

"도망치고 싶은 마음은 부끄럽지 않다."

사람은 누구나 도망치고 싶은 순간이 있다.

그건 약함이 아니라,

마음이 스스로를 지키는 방법이다.

하지만 그 마음이 이해받을 때,

그제야 행동으로 옮길 수 있다.

치과 치료도 마찬가지다.

무섭다고 말해도 괜찮다.

쉬어 가도 괜찮다.

중요한 건,

그 마음이 완전히 닫히지 않게

누군가 곁에 있어 주는 일이다.

나는 오늘도 그런 환자들에게 말한다.

"무서워도 괜찮아요.

조금 천천히 해도 괜찮아요.

함께 하면 반드시 좋아집니다."

그리고 그 말은 단순한 위로가 아니라

약속이다.

언젠가 그분이 미소를 되찾을 때까지

내가 옆에 있겠다는 약속.

Dentistry is a work of love.

감사합니다.

4장

"괜찮습니다"라는 말이 진짜 괜찮게 들리려면

"괜찮다고 말했지만, 정말 괜찮았을까?"

치과에서 환자분들이 자주 하시는 말이 있습니다.

"죄송해요."

입을 덜 벌리거나, 몸이 살짝 움직였을 때,

괜히 치료를 방해한 것 같다고 말씀하시죠.

그럴 때마다 저는 자연스럽게 말합니다.

"괜찮습니다. 정말 괜찮습니다."

그런데 어느 날 문득 생각했죠.

내가 전한 이 말이 정말 마음에 닿았을까?

아니면 그냥 예의로 들렸을까?

■ 제 이야기: 3년 전, 공덕의 안과에서

3년 전쯤이었죠.

공덕에 있는 안과를 찾은 적이 있습니다.

아침마다 눈이 뻑뻑하고 시리고 아파서 견디기 힘들었거든요.

저는 사실 병원에 가는 걸 굉장히 싫어합니다.

치과 의사인 저도 그렇습니다.

그래서 그날도 한참을 망설이다가 겨우 용기 내서 갔죠.

의사 선생님은 불친절하지 않았습니다.

오히려 친절한 편이었죠.

그런데 이상하게도 긴장됐습니다.

무슨 말을 해야 할지 모르겠고,

괜히 제 질문이 선생님의 시간을 뺏는 것 같았거든요.

그래서 결국 궁금한 걸 하나도 묻지 못했습니다.

진료가 끝나고 병원을 나오는데

묘하게 마음이 허전했습니다.

누군가 제 그 조심스러운 마음을

한 번만이라도 알아봐 줬으면 좋겠다는 생각이 들었죠.

그때 느꼈습니다.

"아, 환자란 이런 마음으로 의자에 앉는구나."

"그날의 기억이 지금의 저를 만들었다"

그 경험이 저를 바꿨습니다.

그때의 답답함과 긴장감을

제 환자분들에게만큼은 절대 느끼게 하고 싶지 않았습니다.

그래서 그 이후로

환자분이 조금이라도 불편해 보이면

저는 가장 먼저 이렇게 말하죠.

"괜찮습니다. 천천히 하셔도 됩니다."

그리고 치료를 마무리할 땐 꼭 여쭤봅니다.

"혹시 더 궁금하신 건 없으세요?"

"오늘 치료 중에 불편하셨던 점은 없으셨나요?"

이 두 문장이 진료 시간을 조금 늘리긴 하지만,

그 몇 초가 환자에게는 마음의 여백이 됩니다.

그 시간 동안 환자분은 '내 이야기를 들어주는 사람'이라는 신뢰를 느낍니다.

저는 그것이 치료의 마지막이자

가장 중요한 단계라고 생각합니다.

"진심이 닿는 위로에는 순서가 있습니다."

'괜찮습니다.'라는 말은

그 자체로는 아무 힘이 없습니다.

말보다 먼저 행동이 있어야 합니다.

순서	행동	의미
1	기다려주기	"당신의 속도를 존중합니다."
2	눈 맞추기	"당신을 보고 있습니다."
3	말하기	"괜찮습니다."

가 진심으로 들립니다.

이 순서가 뒤바뀌면

그 어떤 말도 위로가 되지 않습니다.

환자는 말보다 분위기,

내용보다 진심이 느껴지는 속도를 기억합니다.

그래서 저는 말을 꺼내기 전,

호흡을 잠시 맞춥니다.

환자분이 들이쉬는 그 리듬에

제 호흡을 천천히 맞추면

그제야 제 말이 부드럽게 닿습니다.

마무리: "괜찮습니다."는 함께 있겠다는 약속입니다.

저는 환자분께 "괜찮습니다."라고 말할 때마다

마음속으로 다짐합니다.

이 말이 진짜 괜찮게 들릴 수 있도록

끝까지 함께하겠다고요.

진료가 끝날 때마다

저는 꼭 이렇게 묻습니다.

"오늘 치료 중에 불편하신 건 없으셨나요?"

"더 궁금한 점은 없으세요?"

이건 단순한 습관이 아니라

제가 예전에 느꼈던 그 공백을 메우는 약속입니다.

그때의 저처럼

말하지 못한 채 돌아가게 하고 싶지 않습니다.

그래서 오늘도 저는

환자 한 분, 한 분에게 말합니다.

"괜찮습니다. 정말 괜찮습니다."

그리고 덧붙입니다.

"궁금한 건 언제든 물어보셔도 됩니다."

그 말이 단순한 인사가 아니라

진심이 닿는 약속이 되길 바랍니다.

Dentistry is a work of love.

감사합니다.

5장

눈을 마주치는 용기, 아이컨택의 힘

저는 사실 사람 눈을 잘 마주치지 못했습니다.

무례해 보일까 봐,

빤히 쳐다보면 시비 거는 걸로 보일까 봐.

말할 때마다 시선을 피하게 되더군요.

치과 의사로 일하면서도 그건 크게 다르지 않았습니다.

진료 중엔 기계나 모니터를 보며 설명하고,

환자분과 눈을 마주치는 시간은 짧았죠.

그게 나쁜 의도는 아니었지만,

어느 순간 깨달았습니다.

내가 환자일 때 불편해하는 의사의 모습이

바로 지금 저라는 걸.

제 이야기: "인간관계 공부가 저를 바꿨습니다."

CS교육과 인간관계에 대한 공부를 하면서

'아이컨택'이라는 단어를 새롭게 배웠습니다.

그전까지 저는 눈을 마주치는 게

예의라기보다 '부담'이라고 생각했거든요.

그런데 배우면서 알게 됐습니다.

눈을 마주치는 건 상대를 존중한다는 신호이며,

'당신에게 집중하고 있다'는 비언어적 약속이었습니다.

그 후로 저는 의식적으로 연습했습니다.

진료실에서 환자분을 맞이할 때,

먼저 눈을 보고 인사했죠.

"안녕하세요. 제가 구강외과 전문의 대표 원장 성민재입니다.

오늘은 지난번보다 훨씬 편해지실 겁니다."

그 한마디와 짧은 시선이

치과의 신뢰도를 완전히 바꿨습니다.

"눈을 보면, 공포보다 믿음이 먼저 생깁니다."

환자는 진료를 받을 때

의사의 손보다 눈을 더 자주 봅니다.

눈은 보이지 않고, 오직 볼 수 있는 곳은

치과 의사의 마스크에 가려지지 않은 눈뿐이죠.

눈을 보면 긴장이 조금 풀리고,

이 사람이 나를 진심으로 대하고 있는지 느껴집니다.

저도 그걸 체감했죠.

전엔 환자가 의자에 앉으면

제 시선은 차트와 기구에 먼저 가 있었습니다.

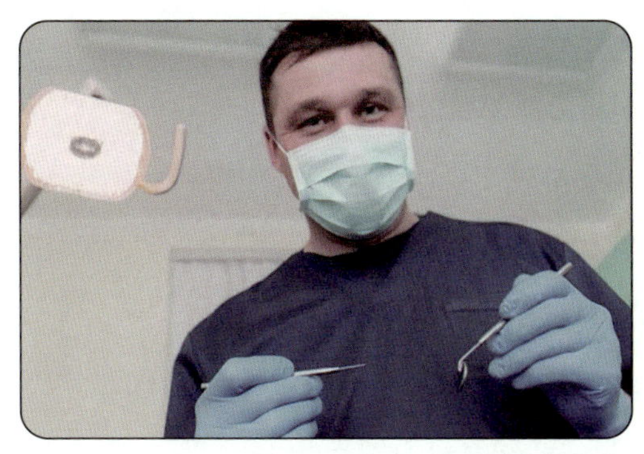

하지만 지금은 조금 다릅니다.

환자분이 앉으실 때마다 눈을 마주 보며 말합니다.

"괜찮습니다. 천천히 하셔도 됩니다."

이 작은 시선 교환 하나가

치료의 시작을 완전히 바꿉니다.

눈을 마주치면,

공포는 줄고 관계의 연결선이 만들어집니다.

그건 단순한 예의가 아니라

환자와 의사 사이의 '심리적 다리'입니다.

마무리: "눈을 마주친다는 건 함께하겠다는 뜻입니다."

예전엔 눈을 마주치는 게 어색했지만,

이제는 그것이 치과에서 가장 중요한 예의 중 하나라는 걸 압니다.

아이컨택은 단순한 습관이 아니라

치료의 신뢰를 여는 열쇠입니다.

눈을 마주치는 순간,

환자에게 신뢰도를 부여합니다.

그 시선이 따뜻하면,

치과의 분위기 전체가 달라집니다.

오늘도 저는 환자를 맞이하며 다짐합니다.

눈을 마주치고, 부드럽게 인사하죠

"수고했습니다. 잘 치료해 보겠습니다."

Dentistry is a work of love.

감사합니다.

6장

치과 냄새가 주는 기억의 자극

"문을 열자마자 떠오르는 기억이 있습니다."

'치과냄새'라면 많은사람들이 공감하는 향이 있죠.

약품 냄새, 금속 냄새, 소독 냄새.

그중에서도 가장 강하게 남는 향이 하나 있죠.

바로 '유지놀(eugenol)'의 향입니다.

유지놀은 예전부터 치아 진정과 통증 완화를 위해

임상에서 자주 사용되던 재료입니다.

하지만 그 향은 달콤하면서도 톡 쏘는 특유의 자극이 있어

치과를 떠올리게 하는 상징이 되었습니다.

그리고 치료 때 쓰이는 접착(레진)을 떨어뜨리는 작용으로

빈도가 줄어들고 있습니다.

지금은 거의 쓰지 않지만,

그 냄새만 맡아도 많은 분들이

치과의 차가운 조명과 긴장을 함께 떠올리십니다.

냄새는 기억을 붙잡는 힘이 있습니다.

눈으로 본 장면보다, 귀로 들은 소리보다

냄새는 훨씬 오래 머릿속에 남습니다.

그래서 치과의 향은 여전히

사람들의 마음속에서 '조금 거북한 기억'으로 남아 있죠.

■ "김○○치과에서 배운 향의 힘"

2025년 9월쯤, 저는 압구정에 있는 '김○○치과'를 견학 갔습니다.

최고급 진료를 추구하고,

최고의 서비스를 경험시켜 드리는 멋진 치과입니다.

입구를 들어서는 순간,

가장 먼저 느껴진 건 조명도 인테리어도 아니었습니다.

바로 향이었습니다.

은은하고 부드러운 향이 진료 공간을 감싸고 있었죠.

그 향은 기존의 치과 냄새—유지놀이나 소독약 향—와는 전혀 달랐습니다.

알고 보니 그곳에서는 5성급 호텔에서 사용하는

프리미엄 방향제를 쓰고 있었습니다.

그 순간 생각했죠.

"치과의 냄새도 치료의 일부가 될 수 있겠구나."

향 하나가 이렇게 사람의 마음을 풀어 줄 수 있다니 놀라웠습니다.

그 이후 저희 정성플러스치과에서도

같은 브랜드의 향을 도입했습니다.

진료실 문을 여는 순간 느껴지는 그 향이,

이제는 환자분들에게 '안심의 신호'가 되길 바랐습니다.

"후각은 감정의 기억을 깨웁니다."

후각은 뇌의 감정 중추인 편도체와 가장 가까운 감각입니다.

즉, 냄새를 맡으면 그때의 감정이 그대로 되살아납니다.

치과 냄새가 불안을 유발하는 건

통증의 기억보다 긴장했던 감정의 기억 때문입니다.

유지놀 향은 의료적으로는

'치아 진정'

을 위한 향이었지만,

VS

사람들에게는

'치료의 긴장감'

을 상징하게 되었습니다.

그 냄새를 맡는 순간,

"아, 치과 냄새다"라는 반응과 함께

몸이 스스로 긴장합니다.

그래서 저는 이제 향을 단순한 장식이 아니라

심리적 치료 도구로 봅니다.

좋은 향은 불안을 줄이고,

치료의 첫인상을 따뜻하게 만들어 줍니다.

"향은 공간의 감정입니다."

치과의 향은 단순한 공기의 냄새가 아닙니다.

그건 공간의 감정이고,

환자의 기억 속에서 치과를 정의하는 첫 문장입니다.

유지놀 향으로 기억되던 치과가

이제는 따뜻한 향기로 기억된다면,

그건 단순한 냄새의 변화가 아닙니다.

치료 경험 전체의 변화입니다.

저는 아침에 출근하며 향을 맡습니다.

그 순간, 저부터 편안해집니다.

Dentistry is a work of love.

감사합니다.

7장

아이들이 치과를 싫어하는 진짜 이유

"아픈 거 말고, 뭐 할지 모르는 게 무서워요."

아이들은 치과를 싫어합니다.

'치과'라는 말만 들어도 얼굴이 굳고,

체어에 앉기도 전에 눈물이 맺히죠.

하지만 그 공포의 이유를 자세히 들여다보면,

대부분 '통증' 때문이 아닙니다.

사실 대부분의 아이들은 치과에서 아픈 치료를 받지 않았습니다.

한 번도 겪어 보지 않았는데도 무서워합니다.

즉, 치과는 아이들에게 경험해 보지 않은 것을 무서워하는

'귀신의 집' 같은 공간입니다.

"아이의 머릿속에서는 이런 생각이 돌고 있습니다."

치과의 밝은 조명,

드르르 드릴 소리,

낯선 사람들의 흰 가운,

알 수 없는 날카로운 도구들.

보기만해도 무서운 망치, 펜치.

아이의 눈에는 이 모든 게 무섭습니다.

"저 뾰족한 걸 입에 넣어?"

"이제 뭘 할 거지?"

"지금 이 힘든 건 언제 끝나는 거지?"

설명되지 않은 순간마다

상상은 두려움 쪽으로 자라납니다.

아이에게 진짜 진짜 무서운 순간은

'상상 속 상황'입니다.

무슨 일이 일어날지 모를 때,

그 불안이 공포로 바뀝니다.

■ 부모의 마음: "아이는 무서운데, 부모는 미안하죠."

진료실 앞에서 아이가 울기 시작하면

부모는 당황합니다.

"금방 끝나, 조금만 참자."

"안 아파, 괜찮아."

"이 선생님이 전혀 안 아프게 해 줄 거야."

하지만 아이는 그 말을 믿지 못합니다.

'정말 안 아플까?'

'조금만 참으면 진짜 끝날까?'

그 의심이 마음속에서 자라죠.

부모의 다정한 말보다

아이 본인의 상상력이 훨씬 강력합니다.

그래서 부모 말은 들리지 않고,

실제 거짓말인 경우

의구심은 더욱 커집니다.

그러면

아이는 더 무서워집니다.

"무서움을 줄이는 가장 좋은 방법은 '설명'입니다."

아이의 두려움을 줄이는 방법은

간단합니다.

1. 무슨 일이 일어날지 알려 주는 것.

2. 다만, 순화된 표현을 할 것.

3. 거짓말하지 않을 것.

아이에게는

"이제 마취할게요."보다

"이제 안 아프게 하는 약을 넣을 거야."

라고 진실을 말합니다.

아이에게 예측 가능하게 해서

상상 속 공포를 줄입니다.

그 순간, 아이는

"이건 나에게 일어나는 일이구나."
"내가 알 수 있는 일이구나."
라고 생각하게 됩니다.
그 인식이 공포를 줄여 줍니다.

그리고
반드시
아이와 아이컨택을 합니다.

그리고
반드시
아이와
명령이 아닌
대화를 합니다.

치료의 주도권을 아이에게 조금 돌려주는 과정입니다.
"이제 시작할까요?"
"준비되면 손 들어 주세요."
이런 짧은 문장 하나로
아이의 표정이 달라집니다.

그리고 진심으로 아이에게

"용기"

를 북돋아 줍니다.

넌 할 수 있다.

무서울 수 있다. 당연하다.

선생님이 함께 한다.

그리고 반드시 해야만 하는 상황이다.

치과에서의 변화: "요즘은 아이가 주인공입니다."

요즘 치과들은 아이의 시선에 맞춘 공간을 만듭니다.

제 치과에서는 아이 가운을 준비했습니다.

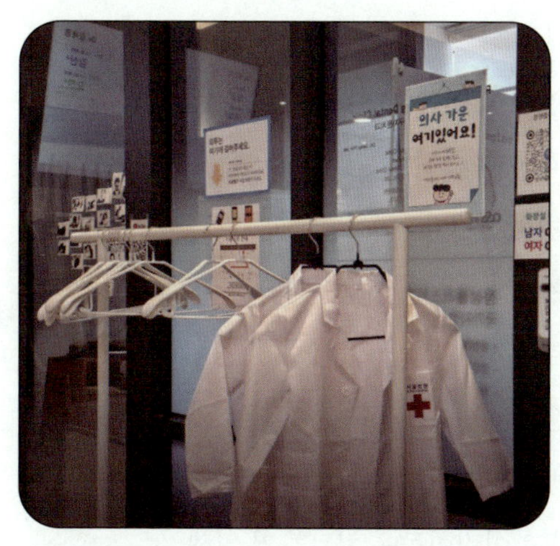

아이들은 소꿉놀이를 좋아합니다.

롤 플레이를 좋아하고

특히 제복(경찰관, 의사, 소방관, 발레리나) 입는 것을 좋아합니다.

치과 의사 가운을 입고 치과에서

치과 의사처럼 플레이하는

소중한 경험을 하면

공포심이 많이 줄어듭니다.

■ 위로의 말: "당신의 아이는 약한 게 아닙니다."

아이들이 치과를 무서워하는 건

당연합니다.

저는

아이들에게

마음껏 울라고 합니다.

저는 아이였을 때 어른들에게 칭찬받고 싶어서

너무 울고 싶고 무서워도

울음을 꾹 참았습니다.

진정으로 환자(아이)를 위한다면

최고의 진료를 하는 건 당연하고

아이의 무서운 마음도

인정하고 받아 줘야 합니다.

페디랩이라고 어린이들을 치료하기 위해

그물로 묶는 침대가 있습니다.

전 그걸 볼 때마다

독립영화가 떠오릅니다.

어른들에게

어린이들 치료처럼

똑같이

그물로 묶고

진료를 거부하는 의지를 무시하고

강제로 입안에다 주사를 하고

이를 빼는 행위를 무엇이라고 할까요?

'고문'이죠.

그럼 해결책은?

아이들에게 치과가 참을 수 있을 정도로 아프고,

어떤 곳인지 충분히 알 수 있을 때까지

몇 번이고 와서 할 수 있을 정도로 진료받는 것입니다.

그리고

'의식하 진정'

즉 수면 치료를 받는 것입니다.

세상은 점점 좋아지고 있습니다.

아이들에게 평생 가는 고통의 기억을 안겨 주는 것보다,

동반자의 기억을 심어 주는 것이 진정으로 아이를 위한 길입니다.

Dentistry is a work of love.

감사합니다.

 치과 불안 없애는 40가지 방법

8장

마취보다 무서운 건 '모를 때'

"언제 아플지 모를 때가 제일 무섭습니다."

치과에 앉으면 누구나 한 번쯤 이런 생각을 합니다.

'언제 마취를 놓을까?'

'지금 이게 끝나는 걸까, 시작일까?'

'얼마나 아플까?'

실제로 마취 주사가 아픈 건 잠깐이지만,

언제, 어떻게 아플지 모르는 그 불확실한 시간이

몸 전체를 긴장시킵니다.

손끝에 힘이 들어가고,

호흡이 짧아지며,

눈은 의사의 손만 좇게 되죠.

무서운 건 아픔이 아니라,

모를 때 생기는 상상입니다.

"사람은 모르는 순간을 가장 두려워합니다."

사람은 예상할 수 있는 일에는 잘 참습니다.

하지만 모르는 일에는 민감해집니다.

어둠을 무서워하는 이유는

그 너머에 뭐가 있는지,

언제 귀신이 튀어나올지 모르는 데 있죠.

치과의 공포는 대부분 이 '예측 불안'에서 시작됩니다.

내 입을 내가 볼 수 없죠.

가장 가까운 곳에 있지만,

가장 민감한 입안이지만

정작 직접 볼 수도, 관리할 수도 없죠.

환자의 마음: 제발. 안 무섭게 해 주세요.

치료 중에 환자들은 늘 이렇게 생각합니다.

'지금 뭐 하는 걸까?'

'이제 마취가 끝난 걸까?'

'아직 더 남았나?'

사람은 설명을 들으면 안심합니다.

결과보다 과정을 알고 있을 때

불안이 줄어듭니다.

"이제 마취 시작할게요."

"조금 시릴 수 있지만, 금방 괜찮아집니다."

"이제 절반 정도 됐습니다."

이 짧은 설명들이

환자의 몸에서 긴장을 서서히 풀어 줍니다.

말 한마디가 통증보다 강력한 진정제가 됩니다.

"설명은 치료의 일부입니다."
치과에서의 설명은 단순한 친절이 아닙니다.
치료의 한 부분이죠.

시작 전, "오늘은 이런 순서로 진행하겠습니다."
- 불확실성 감소, 예측 가능성 확보
  중간, "지금 절반 정도예요."
- 긴장 완화, 신뢰 형성
  마무리, "이제 끝났습니다. 지금은 안 아프죠?"
- 안도, 긍정적 기억 형성

설명이 많다고 시간이 길어지는 건 아닙니다.
오히려 설명이 없을 때
환자의 불안이 해결되지 않아
만족할 만한 진료 시간은
더 늘어납니다.

Insight: "의사는 알고 있지만, 환자는 모르고 있습니다."
의사에게는 익숙한 치료 과정이
환자에게는 '처음'입니다.

누군가에겐 당연한 자동차 운전이

누군가에겐 너무 무섭고 긴장되는 순간이죠.

의사에게 당연한 마취, 치료는

환자에게는 두려운 일입니다.

"마취는 금방 끝납니다."

"금세 괜찮아집니다."

이런 말보다 더 큰 위로는

"지금 어떤 단계인지 설명 드릴게요."라는 문장입니다.

환자는 통증보다 모를 때의 불안을 견디기 어렵습니다.

그 불안을 줄이는 가장 쉬운 방법은

'알려 주는 것'입니다.

치과가 무서운 것은 당연한 감정입니다.

여러분이 치과에서 느끼는 불안은

결코 이상한 게 아닙니다.

"과거"의 경험과 기억이

치과를 무서운 곳으로 정의되어 있죠.

하지만 다행히,

세상은 좋아지고 있습니다.

무통시스템은 눈부시게 발전하고 있고

의료진의 마인드 역시

'환자중심'

을 외치며 치과 진료 경험의 혁신이 이뤄지고 있습니다.

"설명이 정확하고 맞춤형일수록 신뢰는 깊어집니다."
마취보다 무서운 건 '모를 때'이고,
설명이 정확할수록 신뢰는 커집니다.
치과 의사는 당신의 치아를 치료하지만,
좋은 설명은 당신의 불안한 마음을 치료합니다.
그것이 진짜 치유의 시작입니다.

Dentistry is a work of love.
감사합니다.

9장

"조금만 참으세요"라는 말의 함정

핵심 단어: 정성(精誠)

"네~조금만 참으세요."

"금방 끝납니다~"

"거의 다 됐어요."

제가 자주 하는 말입니다.

분명 의사 입장에서는

환자를 안심시키기 위한 다정한 말이겠죠.

그런데 환자분들은 와닿지 않죠.

긴장이 전혀 줄어들지 않거든요.

왜일까요?

'조금만 참으세요'라는 말에는

'이 정도는 참을 수 있잖아요'라는 뉘앙스가 숨어 있을 때가 있습니다.

그리고 명령어입니다.

당신은 참아야 한다. 참으라.

라는 명령이죠.

그건 위로라기보다

듣는 환자분 입장에서는 통제당함입니다.

사람은 말보다 **말이 나오는 온도**를 먼저 느낍니다.

목소리의 높이, 호흡의 속도,

그리고 그 말 뒤에 따라오는 손의 움직임까지.

그 모든 게 말보다 더 많은 것을 말합니다.

환자는 통증을 견디는 게 아니라

불안을 견디고 있습니다.

그 불안의 근원은 "내가 케어 받고 있나?" 하는 마음입니다.

그래서 "조금만 참으세요."보다

이 한마디가 훨씬 깊이 닿습니다.

"아이고~ 지금 힘드시죠.

필요하면 잠깐 멈추겠습니다."

조금 더 신경 쓰고,

조금 배려하고,

조금 더 기다리는 시간.

정성은 실력이 아닙니다.

태도입니다.

기술은 손끝에서 나오지만,

정성은 말에서 시작됩니다.

명령이 아닌, 부탁이 아닌
진심에서 우러나는 질문.
"괜찮으세요? 불편하시면 꽥꽥이 눌러 주세요~
아, 잠시 쉴까요?"

아프면 언제든지 눌러도 되는 꽥꽥이 인형!
그 안에서 환자는
"이 원장님은 일만 하려고 서두르지 않는다."는 신뢰를 느낍니다.

진료를 하다 보면
"빨리 끝내야 하는 상황"이 있습니다.
다음 환자가 기다리고,
시간은 부족하고,
집중력은 이미 한계에 다다랐을 수도 있죠.
하지만 그럴수록
정성이 필요한 순간이 찾아옵니다.
말 한마디를 조금 더 천천히,
시선을 한 번 더 환자에게.
그게 진료실의 공기를 바꿉니다.
환자가 알고.
내가 알고.
무엇보다

진료실 치과위생사 선생님들이 압니다.

아프면 언제든지 눌러도 되는 꽥꽥이 인형!

정성은 귀찮습니다.

정성은 많은 에너지를 소비합니다.

관심 가지지 않고

말하지 않고

진료만 하면

그게 가장 편하죠.

그래도 시늉이라도 하려고

'괜찮으시죠? 조금만 참으세요~'

라고 말하죠.

흔한, 누구나 할 법한 응대로는

환자분은 차이를 느끼지 못합니다.

딴 치과보다 나은 점이 있는지 모릅니다.

그래서 떠납니다.

열린 질문을 하고

작다면 작은 3분을 오롯이

진료 중인 환자분께 집중하고

쉬게 하고, 괜찮으신지 여쭤본다면

환자는 결국 이렇게 기억합니다.

"나를 배려한다."

"대충 하지 않는다."

"정성스럽다. 진료도 정성스러울 것이다."

정성은 결과보다 과정에 남습니다.

그리고 그 과정이 쌓이면,

환자의 공포는 천천히 신뢰로 바뀝니다.

"조금만 참으세요."

나쁜 말은 아닙니다.

하지만 그 말에 **정성이 부족하죠.**

평범합니다.

밋밋합니다.

Dentistry is a work of love.

감사합니다.

10장

공포를 없애려 하지 말고, 함께 다뤄야 한다

핵심 단어: 동행(同行)

"치과 무섭지 않아요."

많이 들어 본 광고 문구죠.

근데… 진짜 그 말 믿어지나요?

사실 우리는 다 알고 있습니다.

'우리 치과는 안 무섭게 하기 위해서

최선을 다할 테니 제발 와 주세요.'

라는 속뜻이 있습니다.

상대방도 안 믿고

나도 안 믿는

거짓말보다는

본질로 갑니다.

공포는 없애는 게 아닙니다.

다루는 겁니다.

같이.

"공포는 나쁜 게 아닙니다."

공포는 신호예요.

몸이 나를 지키려는 본능이죠.

인간은 동물이고

동물의 본질적인 감정은

두려움 하나로 귀결됩니다.

분노, 슬픔, 억울함, 우울함, 환희, 행복… 이 모든 감정의

근본은 두려움에서 파생됩니다.

(ref. 조지프 르두(Joseph LeDoux)의 '감정의 기원' 챕터)

문제는,

우리가 그 감정을 '부끄러운 것'처럼 여긴다는 겁니다.

"다 큰 어른인데도 무서운 나를 이상하게 보려나?"

세상은 공포심이 심한 민감한 사람들을

'겁쟁이'라고 합니다.

사회화 과정에서

겁쟁이는 도태되기에

본능을 억누르고 겁을 느끼지 않는 것처럼 연기를

하며 살아갑니다.

제가 그렇습니다.

전 저 같은 사람을 도와주고 싶습니다.

그래서 제 치과에서

제가 가장 받고 싶은 서비스를 제공합니다.

공감하고 함께 합니다.

제가 겁쟁이라서입니다.

전 MBTI가

INFP, 건실한 중재자입니다.

그리고 순도 90% F입니다.

다툼을 싫어하고, 욕심 내는 걸 불편해합니다.

감정적으로 공조를 잘 합니다.

치과에서 환자가 가장 듣고 싶은 말은

"끝났습니다."

"당신이 무섭다는 걸 말하지 않아도 압니다.

최대한 배려하겠습니다."

이 말이에요.

공포를 없애려는 말보다,

공포를 인정해 주는 한 문장이 훨씬 강력합니다.

그 한 문장이 환자의 긴장을 풀고,

신뢰를 만듭니다.

그래서 저는 이렇게 말하죠.

"무서울 수 있습니다.

괜찮습니다.

필요하면 중간에 멈추겠습니다."

이건 기술이 아니라 태도입니다.

정성이고, 마음의 리듬입니다.

치과가 단순히 아픈 곳이 아니라
'용기를 회복하는 곳'이 되어야 한다고 믿습니다.
환자가 불안해할 때
"조금만 더 참아 주세요"
가 아니라
"그럴 수 있습니다."
를 넘어
"저도 이해합니다. 아이고 무서우시죠~
제가 진짜 신경 쓰겠습니다.
바로 말씀해 주세요!"
이것이 좋은 진료의 시작입니다.
우리가 함께 공포를 다루면
치과는 치료의 공간을 넘어
사람의 마음이 회복되는 공간이 됩니다.

"용기는 두려움이 없는 게 아니라, 두려워도 하는 겁니다."
용기란,
겁이 사라진 상태가 아닙니다.
겁이 남아 있는데도 앞으로 가는 마음이에요.
그게 진짜 용기고,

그 용기를 키워 주는 게 공감입니다.

공감의 가장 쉬운 액션이

"동행"

입니다.

"무서울 수 있습니다.

괜찮습니다.

같이 해결해 봅시다."

공포심 동행 솔루션

1. 꽥꽥이 인형을 쥐어 드린다.

2. 의식하 진정 치료를 한다(수면).

3. 마취 주사를 정말 약하게 조심히 놓는다.

4. 아이싱, 도포 마취 등을 아주 많이 한다.

5. 진통제를 강한 것을 처방해 드린다.

6. 통증이 예상되는 치료 후에 진통제를 강한 것을 처방한다.

7. 불편 시 연결될 수 있게 비상연락망을 제공해 드린다.

8. 통증 발생 시 대처법에 대해 2, 3가지 알려 드린다.

9. 치료 후에도 안 아플 수 있게 부드럽게, 꼼꼼하게 치료한다.

10. 사후 관리에도 책임감이 느껴질 수 있게 시스템화한다.

Dentistry is a work of love.

감사합니다.

치과 불안 해결법

11장

이 치과, 믿어도 될까

핵심 단어: 신뢰(信賴)

치과에 들어서면
가장 먼저 드는 생각이 있습니다.
"여기, 믿어도 되나?"
비싼 장비도, 화려한 인테리어도 좋지만
결국 사람은 사람을 봅니다.
의사가 어떤 눈으로 나를 보는지,
설명할 때 어떤 말투로 말하는지,
그걸로 이미 절반은 결정됩니다.

"신뢰는 말보다 먼저 느껴집니다."
환자는 진료를 받으러 오지만
먼저 '사람'을 만납니다.
첫 30초 안에
신뢰가 만들어지기도 하고, 무너지기도 합니다.
처음 30초의 경험으로

환자는 결정합니다.

"여기서 치료한다."

"기분이 별로다."

저는 제 명함을 드리고,

제 소개를 하고

환자분의 이름을 한번 더 부르고 외웁니다.

"설명은 기술이 아니라 존중입니다."

환자는 모르는 세계에 들어옵니다.

입을 벌리고 누운 채

내가 모르는 일을 누군가 하고 있죠.

그 불안함을 덜어 주는 건

친절보다 설명입니다.

"이건 이렇게 진행될 거예요."

"지금 이 단계는 이런 이유예요."

이 말이 길다고 부담스러운 게 아닙니다.

이건 '시간을 들여 당신을 존중한다'는 신호입니다.

"의사의 표정보다, 태도가 더 오래 남습니다."

한 번이라도 병원에서 이런 생각해 보셨을 겁니다.

"이 사람은 나랑 말이 안 통한다."

그 순간, 치료의 신뢰는 이미 멀어집니다.

환자는 완벽한 의사를 원하지 않습니다.

함께 고민해 주는 사람을 원합니다.

"이건 좀 어려운 상황이에요.

그래도 같이 해결해 봅시다."

이 한마디가 환자의 긴장을 녹입니다.

"신뢰는 느리게 자랍니다."

좋은 치료는 기술로 빠르게 완성되지만,

좋은 신뢰는 천천히 자랍니다.

한 번의 대화, 한 번의 배려, 한 번의 미소가

조용히 쌓여 갑니다.

그 신뢰가 쌓이면

환자는 이렇게 말하죠.

"선생님이 하시니까 괜찮습니다."

그 말 한마디 안에는

수십 번의 정성과 진심이 들어 있습니다.

신뢰는 말로 요구할 수 없고,

행동으로만 쌓을 수 있습니다.

"결국 치과의 본질은 '사람'입니다."

장비가 아무리 좋아도,

기술이 아무리 뛰어나도,

사람의 마음을 얻지 못하면
치료는 절반뿐입니다.
진짜 치과의 본질은
사람과 사람 사이의 연결입니다.
진료는 기술로 시작하지만,
신뢰로 완성됩니다.

마무리
환자가 묻습니다.
"이 의사, 믿어도 될까?"
저는 이렇게 대답하고 싶습니다.
"네, 믿어도 됩니다.
왜냐하면 저는 당신을 환자가 아니라
'사람'으로 보고 있으니까요."
신뢰는 말이 아니라 태도입니다.
그 태도 하나로
공포는 사라지고,
치료는 회복이 됩니다.

Dentistry is a work of love.
감사합니다.

12장

눈을 맞추는 단 3초

핵심 단어: 존재감(存在感)

눈을 마주치는 일,

생각보다 어렵습니다.

치과에선 더 그렇습니다.

입을 벌리고 소공포를 덮고 있죠.

얼굴조차 마주치기 쉽지 않죠.

하지만 저는 믿습니다.

번거롭더라도

포를 열고

눈을 마주치며 인사하는

3초가

진료의 공기를 바꿉니다.

"사람은 설명보다 시선을 먼저 느낍니다."

환자는 치료를 받으러 오지만,

먼저 '사람'을 만납니다.

의사의 첫인상은 말이 아니라

시선에서 시작됩니다.

짧은 순간이라도

아이컨택을 하면,

"이 사람은 나를 보고 있다."

그 인식 하나가 마음을 안정시킵니다.

"시선을 피하면, 마음도 멀어집니다."

예전엔 저도 눈을 잘 마주치지 못했습니다.

무례해 보일까 봐,

민망할까 봐,

괜히 불편할까 봐 피했습니다.

하지만 인간관계 공부를 하면서 알게 됐죠.

아이컨택은 예의이자, 신뢰의 시작이죠.

눈을 마주치는 건 단순한 행동이 아니라,

상대를 '존재하게 만드는 방법'이었습니다.

그래서 그때부터 의식적으로 연습했습니다.

환자에게 인사할 때,

진료를 설명할 때,

눈을 보고 말하는 습관을 들였죠.

"눈빛 하나로 말보다 더 많은 걸 전할 수 있습니다."

“괜찮습니다.”
이 한마디가
눈빛과 함께 전해질 때
그 의미는 완전히 달라집니다.
말은 소리가 사라지면 끝나지만,
눈빛은 기억에 남습니다.
그 짧은 교감이 환자에게는
“이 사람은 나를 대충 보지 않는다.”는
강한 확신으로 남습니다.
신뢰는 그렇게 자랍니다.

“3초면 충분합니다.”
환자에게 눈을 마주치는 건
길고 부담스러운 행동이 아닙니다.
단 3초면 됩니다.
그 3초 동안
진정성을 느낍니다.
그 인식 하나가
치료의 긴장을 풀고,
공포를 신뢰로 바꿉니다.

“시선에는 기술이 없습니다.”

눈을 마주친다는 건

연습으로 익힐 수 있는 기술이 아닙니다.

마음을 전할 준비가 되어 있을 때

비로소 자연스럽게 나오는 행동입니다.

그리고

"책임감"

입니다.

시선을 피하지 않는다는 건, 이 치료를, 당신을 책임지겠다는

뜻입니다.

"진료의 시작은 시선에서, 회복의 시작도 시선에서."

눈빛이 닿는 그 짧은 순간, 신뢰가 쌓입니다.

무서운 치과 이미지가 줄어듭니다.

치과에서 진짜 중요한 건

진단서도, 장비도 아닙니다.

의료진.

사람입니다.

그 사람의 시선을 맞추는 태도,

그 한순간의 존재감.

그게 진료의 시작이고,

회복의 첫걸음입니다.

Dentistry is a work of love.

감사합니다.

13장

설명은 치료의 시작

핵심 단어: 설명

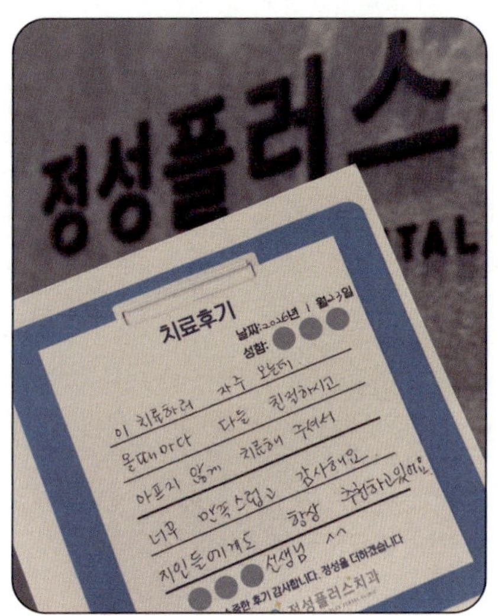

60대 겁 많은 분의 자필 후기

"치과가 제일 무서워요."

거의 매일 듣는 말입니다.

전 그런 말을 들으면 의욕이 생깁니다.

'좋아~조금만 더 신경 써 드리면 내 팬이 또 한 분 늘겠구나… 후후'

치과 공포증 극복하기 위해 수십가지 중

누구나 할 수 있고,

정말 쉽지만,

너무 쉬워서 놓치기 쉬운 그 한 가지.

'설명'

사람은 모르는 일을 가장 두려워합니다.

그래서 치료의 시작은 설명입니다.

아프기 전에, 치료하기 전에,

먼저 '이해'가 있어야 합니다.

그럼 설명을 어떻게 해야 하나?

말로 아무리 떠들어도 환자분들은

이해하기 힘듭니다.

당연하죠.

남자들에게

여자의 화장법, 파운데이션, 마스카라의 과정, 원리, 제품 종류,

장점 등을 아무리 알기 쉽게 설명해도 이해 못 하는 것처럼

여자들에게

군대 생활의 생생함, 과정, 그 가치, 계급에 대해

아무리 알기 쉽게 설명해도 이해 못 하는 것처럼

치과 종사자가

환자분들께 치과 치료에 대해

아무리 알기 쉽게 말로 10분씩 설명해도

이해하기 쉽지 않습니다.

그래서

'콘텐츠'가 필요합니다.

시각 자료가

있어야

이해하기 쉽거든요.

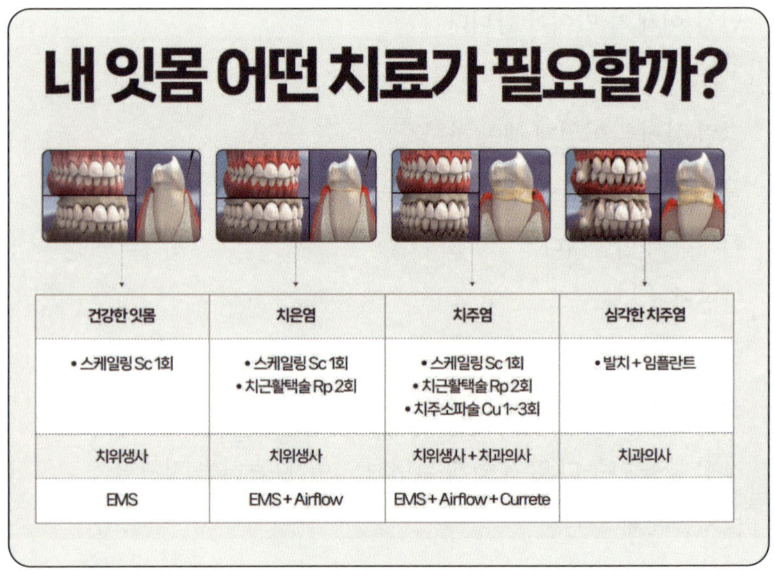

잇몸 치료를 설명하는 시각 자료

콘텐츠에는

거점 콘텐츠

글 콘텐츠

영상 콘텐츠

가 있습니다.

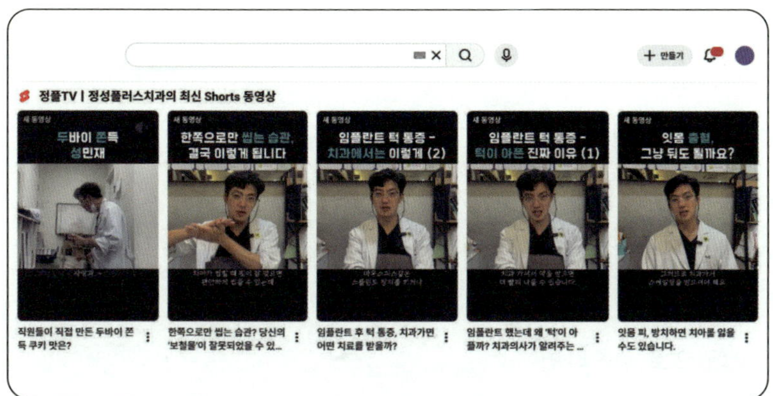

정플TV | 정성플러스치과

거점은 내 치과 안에 있는 자료들입니다.

케이스북, 병원내부 영상, 인사글 등입니다.

글 콘텐츠는

블로그 글입니다.

환자분 주의 사항

동의서 등입니다.

영상 콘텐츠는

주의 사항에 대해

질문에 대해 촬영한 유튜브 등입니다.

설명은 치료의 일부입니다.

치과에서 치료를 잘하는 것은 당연, 기본이죠.

여기에

설명도 치료의 일부라고 생각하고

정성을 더합니다.

설명도

말로 잘 전달이 안 되면

글로 하고.

글로 전달이 부족하면

그림으로 하고.

그림으로 부족하면

영상으로 하고.

영상으로 기억이 잘 안 난다면

유튜브 링크를 보내드립니다.

아는 것과 내 것은 다릅니다.

우리는 부자 되는 법을 알고 있습니다.

매일 절약하고 장기 투자하면 되죠.

하지만 잘 안 되죠.

아는 것과 진짜 내가 하는 것을 다르기 때문입니다.

치과 치료가 무섭지 않은 것도 알고 있습니다.

충치 치료는 단순히 다듬고 때우는 치료이고

아플 거 같으면 마취할 것이고 치료한 이후에 약을 먹으면 낫죠.

만약 아프더라도 통증은 오래가지 않을 거라는 것.

그리고 무엇보다 아픈 거 방치하면 더 큰 치료로 가게 되죠.

아는 거를

'진짜 내 것'

으로 만들어 드리기 위해

저는 오늘도 무지막지하게 콘텐츠를 생산합니다.

Dentistry is a work of love.

감사합니다.

14장

말보다 먼저 닿는 태도

핵심 단어: 태도

"싸늘하다. 손은 눈보다 빠르다."

제가 좋아하는 영화 타짜의 명대사죠.

마찬가지로

겁 많은 환자분들을 대할 때는

'환자 눈빛이 싸늘하다.

내 태도는 말보다 빠르다.'

로 인용해 봅니다.

태도는 말보다 빠릅니다.

대화를 시작하기 전에 이미 공기는 흘러가죠.

바쁜 마음은 공기를 가볍게 만들고,

따뜻한 마음은 공기를 정성스럽게 만듭니다.

환자는 그 공기를 먼저 느낍니다.

말보다, 치료보다, 먼저요.

치료 시작 전,

환자의 눈을 한 번 봅니다.

그리고 인사를 합니다.

그리고 제 소개를 합니다.

그리고 당신의 이름을 부릅니다.

(소공포를 젖히고,

눈을 마주치며)

"안녕하세요. 대표 원장 성민재입니다.

○○님, 오늘 컨디션은 어떠신가요?"

태도.

첫 치료입니다.

입안에 치료 기구를 넣기 전

목소리를 조금 낮춥니다.

손의 속도를 천천히 합니다.

행동.

그게 두 번째 치료입니다.

"괜찮습니다. 무서우시죠?

최대한 신경 써서 무섭지 않게 해 보겠습니다.

혹시 무서우시면

언제든지 말씀하세요."

말.

이게 세 번째 치료입니다.

공기는 태도에서 나옵니다.

태도는 생각의 결과가 아닙니다.

매일의 습관이 만든 결과죠.

마음이 조급하면 손이 빠르고,

손이 빠르면 실수합니다.

치과 치료는, 진료실력은

당연히 기본으로

항상 공부하고 정진해야 합니다.

태도는 기술로, 공부만으로 개선되지 않습니다.

그건 내가 어떤 마음으로 사람을 대하느냐의 결과입니다.

환자는 내 손보다 내 기분을 먼저 느낍니다.

내 마음이 진정으로 환자를 위하고

훌륭한 치료를 위하지 않는다면

언젠가는 드러납니다.

물론, 저라고 매일 성인군자처럼

항상 경건한 마음과 기분으로

항상 100% 컨디션으로 일하진 않습니다.

매출이 떨어지면 조바심이 나고

저한테 무례하게 대하는 환자는 잠깐 밉기도 하고

몸이 피곤하면 100점짜리 진료하기 힘들기도 합니다.

그래도 퇴근할 때 찝찝하기 싫어서,

밤에 잠들기 전에 후회하고 싶지 않아서,
인생에서 가장 오랜 시간을 차지하는
진료와 환자분들과의 관계를
행복하게 하기 위해
매일 노력합니다.

치료를 잘하는 건 기본이고,
태도로 사람을 편하게 하는 게
진짜 프로의 기준입니다.
우린 돈을 받고 진료를 하고,
진료 이상의 가치를 제공하는 찐 프로잖아요.
그래서 저는 오늘도

진료를 넘어 먼저 태도를 정리합니다.

호흡을 맞추고, 속도를 낮춥니다.

그다음에 말하죠.

"괜찮습니다."

Dentistry is a work of love.

감사합니다.

\#치과태도 \#치과커뮤니케이션 \#환자공감치과 \#치과상담잘하는곳
\#치과철학 \#정성플러스치과 \#부천치과추천 \#성민재원장 \#치과의사
칼럼 \#치과공포극복

15장

사과는 용기

핵심 단어: 책임(責任)

치료 중 임시로 붙여 둔 치아가 떨어진 환자분의
보철물을 대수롭지 않게 바로 붙여 드린 후.
환자분은 무표정으로 일어납니다.
"괜찮습니다."라고 말했지만,
표정은 그렇지 않았습니다.
'아, 뭔가 마음이 남았구나.'
이후 그 환자분은 다시 오지 않았습니다.

사과는 기술이 아닙니다.

용기입니다.

잘못한 걸 아는 순간,

변명부터 떠오릅니다.

"원래 그렇습니다."

"떨어진 거, 삼키셔도 전혀 문제없습니다. 아하하"

"저런, 주의 사항, 잘 지키셨나요?"

"죄송합니다."

짧은 단어지만,

그 안에는 수십 가지 감정이 들어 있습니다.

"내가 부족했습니다."

"다시 살피겠습니다."

"당신의 기분을 이해합니다."

이걸 한 문장으로 줄인 게

'죄송합니다'예요.

정말로 움직이기 힘든 사람의 마음을 움직이는

가장 강력한 마법의 단어입니다.

예전엔 이 말을 하는 것이 너무 어려웠습니다.

"내가 뭘 잘못했지?"

"사전 고지 다 했는데?"

"사과하는 순간 내 잘못을 인정하는 꼴이 되지."

"나는 치과 의사야. 잘못을 인정하는 순간, 내 팀들의 위신이 떨어져
버린다."

그럴 땐 입을 닫았습니다.

그러다 나중에 더 크게 터졌습니다.

환자는 논리가 중요하지 않습니다.

'태도'를 봅니다.

하루에도 몇 번씩 실수가 생깁니다.

예약이 밀리거나,

기공물이 늦거나,

설명이 충분치 않았거나.

그때마다 고민합니다.

'변명할까, 사과할까?'

핑계는 순간을 무마하지만,

사과는 신뢰를 만듭니다.

그래서 요즘은

잘못된 게 느껴지면 바로 말합니다.

"이 부분은 저희가 부족했습니다."

"기다리게 해서 죄송합니다."

"불편하셨죠. 다음엔 더 신경 쓰겠습니다."

그 말이 환자를 안심시킵니다.

아니,

그 말이 나 자신을 안심시킵니다.

그리고, 우리 팀을 안심시킵니다.

의사는 완벽하지 않습니다.

하지만 책임지는 태도는 배울 수 있습니다.

그게 프로와 아마추어의 차이입니다.

프로는

틀렸을 때 책임지고,

불편을 주면 인정하고,

사과할 줄 압니다.

사과는 관계의 끝이 아니라,

신뢰의 시작입니다.

환자는 "죄송합니다"보다

그 말이 나오는 눈빛을 봅니다.

그 눈빛에서 '진심'을 느낄 때,

다시 마음을 엽니다.

저는 오늘도 완벽하지 않습니다.

사과를 할 때 마음이 편하지도 않습니다.

그래도 사과합니다. 최대한 진심을 담아서 사과합니다.
밖으로 나온 말은
내가 환자를 진심으로 생각한다는
가장 확실한 증거니까요.

오늘도 혹시 마음에 남는 일이 있다면,
먼저 전화를 드리기도 하고
진료 전 먼저 말을 꺼냅니다.
그리고 사과합니다.
"죄송합니다.
제가 놓쳤습니다."
단순 의료 기술만 펼치는 의사가 아니라
사람을 치료하는 의사로서의 수양입니다.

Dentistry is a work of love.
감사합니다.

16장

환자가 불평하는 것은 도와달라는 표현입니다

핵심 단어: 감정(感情)

"아니 임시 치아 또 빠졌어요. 제가 한가한 줄 아세요? 저 여기 오려고 벌써 연차 3일 넘게 썼어요."

환자분의 목소리가 높아졌습니다. 그 순간, 제 얼굴도 빨개집니다.

"뭐라고 대답해야 하지?"

"내가 뭘 잘못한 걸까?"

"억울한데…"

"맞는 말씀이시지. 내가 조금 더 꼼꼼했더라면… 우리 팀원들을 좀 더 체계적으로 잘 교육했더라면…"

순간 수십 가지 생각이 스칩니다.

그런데 곰곰이 생각해 보면,

그 말 속엔 비난보다 불안이 섞여 있습니다.

'내가 계속 이렇게 불편하면 어쩌지?'

'이 병원 믿을 수 있을까?'

'내가 괜히 돈 낭비한 건 아닐까?'
'과연 내 시간을 귀하게 생각해 주고 있는 걸까?'
환자는 화를 내지만,
사실은 자신의 불안을 표현하고 있었던 거죠.

저도 처음엔 그걸 몰랐습니다.
그래서 속으로 억울했죠.
'분명히 빠질 수 있다고 말씀드렸는데…'
'이건 보철물 문제지, 내 실수가 아닌데.'
그렇게 마음속으로 핑계 논리를 세웁니다.
하지만 그 논리가 강화될수록 나아지는 상황은 하나도 없었습니다.

이제는 조금 다르게 반응합니다.
먼저, 감정을 인정합니다.
"맞아요.
불편하셨을 거예요.
다시 오시느라 시간도 아까웠을 테고요."
그 한 문장만으로
환자의 어조가 조금 누그러집니다.
그리고 빠르고 진심 어린 사죄를 합니다.
"불편감 드려서 정말 죄송합니다. 최대한 잘 해결하겠습니다."
그 다음엔 책임을 짚습니다.

"이 부분은 저희가 점검이 부족했을 수도 있습니다.

이번엔 더 단단하게 보완해 드리겠습니다."

그리고는 바로 실행. 반드시 문제 상황에는 원인이 있고 그 원인을 해결합니다.

해결 없이 반복할 경우, 결과도 똑같을 테니깐요.

사람들은 사실은 자주 잊습니다.

하지만 태도는 기억합니다.

기분과 느낌은 기억에 남습니다.

환자는 '결과'보다

'이 사람이 내 말을 어떻게 들었는가'를 봅니다.

결국 그 경험이 쌓여서 신뢰를 쌓습니다.

의사는 완벽하지 않습니다.

진료엔 변수가 많고,

그 변수는 때로 사람의 감정을 건드립니다.

중요한 건

'이 진료가 완벽했다'가 아니라

'변수 상황에 어떻게 반응하느냐'입니다.

환자가 나를 비난하는 순간은

내가 진짜 프로인지 확인받는 순간이기도 합니다.

그때 억울함보다 책임을 택하면,

관계는 극적으로 더 단단해집니다.

비행기 탑승 때 실수가 발생하면 좌석을 비지니스로 업그레이드해
주기도 하죠.

그런 경험을 받고 나면 불쾌감보다는 오히려 그 기업에 대한 신뢰도
가 커집니다.

저는 마음속으로 이렇게 정리합니다.

"이건 나를 비난하는 게 아니라,

자신의 시간을 낭비했다고 느낀 환자분의 하소연이다."

그렇게 생각하면

감정이 조금은 덜 흔들립니다.

그래서 저는 오늘도

공감하고, 인정하고, 바로잡습니다.

그게 진료고,

그게 신뢰를 만드는 일이라 믿습니다.

"불편하셨죠. 정말 죄송합니다.

이번엔 확실히 해결하겠습니다."

그 한마디면 충분합니다.

Dentistry is a work of love.

감사합니다.

17장

내가 무너지는 날에도, 진료는 계속된다

핵심 단어: 회복(回復)

진료가 잘 안 풀리는 날이 있습니다.

설명도 꼬이고, 환자는 예민하고,

진료실 공기도 묘하게 긴장되고 무겁습니다.

아침부터 그런 날은 퇴근할 때까지 이어집니다.

기공물은 늦고, 예약은 겹치고,

대기시간은 1시간씩 걸리고,

팀원들은 기구를 쾅쾅 떨어뜨리고,

저녁도 못 먹은 채로 야간 진료가 계속됩니다.

그럴 때면 생각들이 스멀거리며 올라옵니다.

"아, 마구 화내고 싶다."

"다 내려놓고 싶다."

하지만 진료는 계속합니다.

환자는 제가 힘든 걸 모릅니다.

팀원들은 제가 힘든 걸 모릅니다.

대단하신 대표 원장으로 보이니까요.

저는 완벽하지 않습니다.

몸이 피곤하고, 마음이 흔들리는 날이 있습니다.

아니, 더 많습니다.

그럴 때마다 제일 먼저 드러나는 건

'표정'과 '태도'입니다.

환자는 바로 알아챕니다.

그럴 땐

억지로 숨겼습니다.

"대표니까 버텨야지."

"징징거려 봤자 바뀌는 건 없어."

하지만 그럴수록 더 지칩니다.

마음이 지치면,

몸은 더 확실히 지칩니다.

이젠 조금 다르게 생각합니다.

화도 내 감정,

억울함도 내 감정,

슬픔도 내 감정.

감정을 숨기지 말고,

다루는 방법을 배우자.

진료 전에 잠깐 멈춥니다.

숨을 한 번 깊게 내쉽니다.

"지금 내가 환자에게 짜증을 전하고 있지는 않은가?"

그 한 번의 점검으로

공기가 달라집니다.

진료는 결국 '에너지의 교환'입니다.

의사의 기분이 진료실의 공기를 만듭니다.

짜증 내면 공기가 짜증 나고,

감사하면 환자도 제게 감사합니다.

결국 환자를 안정시키는 건

의사의 태도입니다.

그래서 요즘은 스스로 이렇게 다짐합니다.

- 절대 화내지 말자. 다만 내가 화가 나는 상태임을 이유를 말하고, 말로 표현하자.
- 환자가 예민한 것은 나에 대한 비난이 아니고, 본인을 구해 달라는 격한 표현이다.
- 오늘 힘든 건 '컨디션', 잘못된 건 '실수'로 구분하자.

그리고 이렇게 생각합니다.
"지금 이 pain이 클수록
gain이 크다."
"내 억울함과 분노가 클수록
지금 내가 발전해야 할 것이 많고,
그만큼 눈부시게 발전하고 있다."

환자는 의사의 완벽함보다
일관된 모습에 더 큰 신뢰를 가집니다.

오늘 진료가 마음에 들지 않아도 괜찮습니다.
솔직하게 말씀드리고
더 큰 노력과 책임을
솔직하게 말씀드립니다.
받아들이시면 좋고,
못 받아들이면 그걸로 족합니다.

"죄송합니다.
오늘은 조금 힘드네요.
더 잘 해 드리겠습니다."
이건 환자에게 하는 말이 아니라,
저 자신에게 하는 말입니다.

Dentistry is a work of love.

감사합니다.

18장

진료만큼 중요한 건 정성

핵심 단어: 속도(速度)

진료가 잘 안 풀릴 때가 있습니다.

특히 예약환자분 진료가 미뤄질 때.

"빨리 끝내야지."

"다음 환자 기다리고 있는데."

"이거 꼬이면 뒤에도 다 꼬여 버리겠는데."

급한 순간일수록 더 안 풀립니다.

하지만 이상하죠.

빨리 하려고 하면

오히려 오래 걸립니다.

작은 실수가 생기고,

다시 고치느라 더 시간이 걸립니다.

결국 속도는 기술의 문제가 아니라 마음의 문제입니다.

급할수록 돌아가라.

치과대학 실습 때부터 느꼈습니다.

틀니제작 과정도

간단해 보이고 대충해도 될 거 같은 기초 과정을 대충하거나 급하게 하면

결국 다음 단계에서 갑절 이상 시간이 걸리거나

결국 기초 과정으로 돌아와서 시간이 더 길어집니다.

예전엔 빨리 하는 게 제 경쟁력이고 명의라고 믿었습니다.

"원장님은 손이 빠르다."

이 말이 칭찬처럼 들렸죠.

그런데 어느 순간 알았습니다.

빠르다는 건, 여유가 없다는 뜻일 수도 있다는 걸요.

환자들은 빠른 치료보다

안정되고 일관된 경험을 할 때 더 안심합니다.

손이 조급하면 환자의 몸이 먼저 반응합니다.

입술이 굳고, 발끝이 뻣뻣해집니다.

눈이 제 손을 쫓기 시작합니다.

그게 무섭다는 신호입니다.

진료 중에 저는 환자의 발끝을 봅니다.

발끝이 들리면 치료를 중단합니다.

그리고 한마디 합니다.

"괜찮으세요?
조금 쉬었다 하셔도 됩니다."

진료 속도를 늦추면
시야가 넓어지고
치아가 아닌
사람이 보입니다.

진료에는 두 가지 속도가 있습니다.
하나는 손의 속도,
다른 하나는 태도의 속도.
손은 신속하게,
태도는 느긋하게.
손은 신중하게,
말투는 부드럽게.
이 두 리듬이 맞을 때,
환자는 감동합니다.

요즘 저는 진료 전 항상 이렇게 생각합니다.
"진료만 하는 기술자 같은 의사가 될 것이냐?
치아를 넘어 사람을 보는 의사가 될 것이냐?"

치과 기술은 발전하고 있습니다.

하지만 **기술보다 공기를 다루는 속도감**이 훨씬 더 어렵습니다.

그건 연습이 아니라, 마인드로 결정되니까요.

환자는 결국

느낌만 기억합니다.

진료보다 중요한 건 분위기입니다.

"괜찮습니다.

천천히 해도 됩니다."

그건 제가 환자에게 하는 말이지만,

결국 저 자신에게 하는 말이기도 합니다.

Dentistry is a work of love.

감사합니다.

19장

시선으로 환자를 안심시킨다

핵심 단어: 시선(視線)

스노우보드를 배울 때 가장 먼저 서는 법을 배웁니다. 데크를 쥐고 한 번에 슥 일어나죠.

중요한 것은 그 다음인데,

서는 순간부터 보드가 멋대로 미끄러지며 넘어집니다.

이 때 보드를 조종해야 넘어지지 않는데

조종하는 방법은

가고 싶은 방향으로 힘을 주는 것도 아니고

체중이동도 아닌

'시선'입니다.

몸에 힘을 풀고

그저 내가 가고 싶은 방향으로 차분히 응시하면

신기하게 보드가 스르륵 그　향으로 움직입니다.

저는 한동안 사람들과 눈을 잘 못 마주쳤습니다.

무례해 보일까 봐, 민망해서,

혹시 상대방이 불편해할까 봐.

딴 행동을 하면서 대화를 나누었습니다.

상담, 육아, 인간관계 등을 연구하며 깨달았습니다.

신뢰감은 눈빛으로 전할 수 있습니다.

전 항상 치료 전,

환자와 눈을 마주칩니다.

안심시켜 드리고 싶습니다. 제 진료가 편안했으면 좋겠습니다.

"괜찮습니다.

오늘은 제가 끝까지 책임지겠습니다."

말로 하면 오히려 진정성이 떨어질 수도 있죠.

그래서 시선을 환자분께 향합니다.

예전에 치료 상담할 때 전 주로 엑스레이를 봤습니다.

시선이 화면에 있고, 환자를 보고 있지 않죠.

전문 영역이고, 정말 잘 설명 드리고 싶은 마음에 화면에 과몰입해서

정신없이 설명하다

환자분을 보면

멀뚱멀뚱한 표정을 볼 때가 많습니다.

환자분은 객관적인 치료 과정, 생존률이 가장 궁금한 게 아닙니다.

환자분이 가장 궁금한 것은

"'내 불안'을 과연 이 치과에서 해결할 수 있을까?'입니다.

그래서 전 상담을 할 때 환자분의 표정과 눈빛을 더욱 살펴봅니다.

가장 중요한

pain point가 무엇인지 캐치하기에

아이컨택이 가장 빠르고 정확합니다.

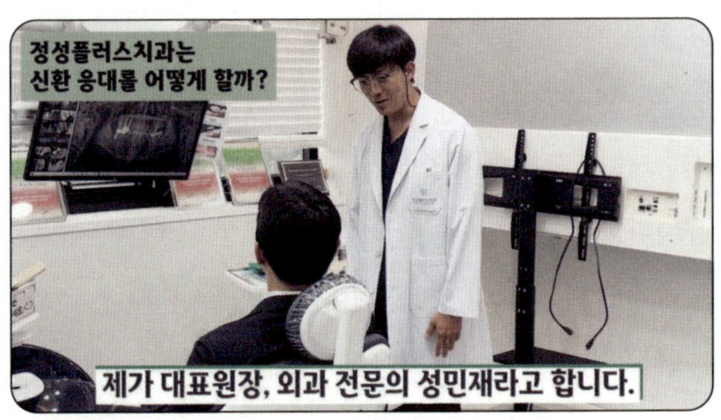

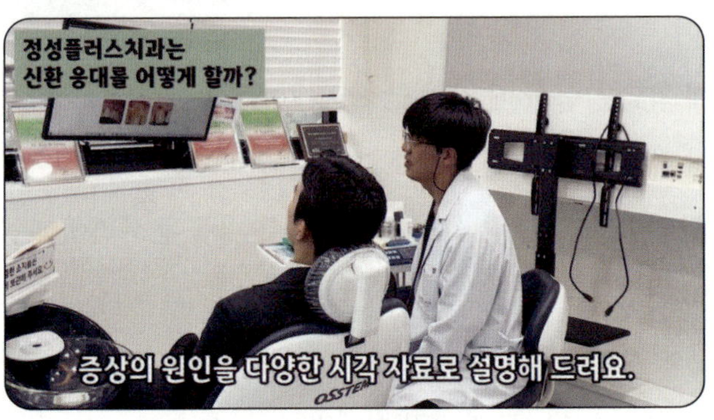

치과 의사가 사진이 아닌 환자 얼굴을 보는 순간
환자는 안도감이 든다.

설명은 기술이고,

시선은 감정입니다.

기술은 배우면 되지만,

감정은 살아 있어야 나옵니다.

눈빛은 진심이 통과하는 유일한 통로입니다.

진심은 숨기려 해도 눈빛에서 나옵니다.

환자와 마주 보는 3초,

그게 진료 경험을 결정합니다.

그 3초에 내 마음이 담겨 있다면,

그날의 신뢰는 이미 완성된 겁니다.

저는 이제 추상적인 눈빛보다

확실하게 신뢰감을 안겨 주는

시선을 상대방에게 정면으로 향합니다.

"괜찮습니다."

이 말은 입으로 하는 게 아니라,

눈으로 전하는 겁니다.

Dentistry is a work of love.

감사합니다.

치료는 손끝보다 마음 끝에서

핵심 단어: 촉감(觸感)

치과 진료는 인체에서 가장 민감한 **입안**,

그중에서도 가장 치명적인 '통증'을 해결하는 의학입니다.

그래서 저는 점점 더 예민해집니다.

입술을 젖히는 힘, 방향, 부드러움,

마취할 때의 바늘이 들어가는 힘, 압력,

치아 표면을 스치는 조작까지.

모든 게 '촉감'으로 판단됩니다.

조금만 힘이 세도 환자가 움찔하고,

조금만 거칠어도 통증을 느낍니다.

그 미세한 차이를 손끝으로 느껴야 합니다.

진료 중에는 감각이 집중됩니다.

눈은 입안에 고정되고,

귀는 석션기 소리와 환자의 숨소리를 동시에 듣고,

손끝은 0.1mm의 차이를 느낍니다.

치과 의사는 신경을 쓰는 직업이 아니라, 신경으로 일하는 직업입니다.

그래서 진료가 끝나면

몸뿐만 아니라 **신경이 먼저 지칩니다.**

하루 진료가 끝나면 탈진하고,

목덜미와 어깨가 뻐근합니다.

눈이 탁하고, 말수가 줄어듭니다.

예민함이 곧 치료의 질입니다.

하지만 예민함은 동시에 체력을 소모합니다.

그래서 치과 의사는 늘 그 사이에서 줄타기를 합니다.

"조금만 더 집중하자."

"조금만 더 잘 다듬어야 한다."

이런 마음으로 진료를 마무리합니다.

진료는 단순한 손의 기술이 아닙니다.

환자의 고통을 대신 느끼는 **감각 노동입니다.**

환자가 움찔할 때,

저도 같은 부위를 따라 움찔합니다.

환자가 긴장하면,

제 어깨도 자동으로 올라갑니다.

결국 '촉감'은 손끝에만 있는 게 아닙니다.
공감하는 몸 전체의 감각입니다.

환자는 말로 하는 친절보다
손끝의 안정감을 더 빨리 느낍니다.
손이 거칠면 환자가 긴장하고,
손이 부드러우면 환자가 믿습니다.
결국 치료의 절반은
촉감으로 신뢰를 쌓는 일입니다.

"괜찮습니다.
이제 다 됐습니다."
그 말이 닿기 전에
이미 손끝에서
진심이 전해져야 한다고 믿습니다.

Dentistry is a work of love.
감사합니다.

치과 신뢰 쌓기

21장

진료실 소음은 대화보다 솔직하다

핵심 단어: 공명(共鳴)

체어에 누워 치료를 시작하면

환자들은 시각이 차단된 채로

'소리'만 듣습니다.

기계가 돌아가는 소리,

흡입기 소리,

치과 기구가 닿는 쇳소리.

그 소리만으로 이미 긴장이 시작됩니다.

치과 소음은 무섭습니다.

이미 공포 이미지로 고정되어 있죠.

그래서 환자는 안심시켜 주려는

의료진의 말보다

'소리'에 더 먼저 반응합니다.

그런데 이건 환자만의 이야기가 아닙니다.

치과 의사도 소음을 듣습니다.

진료 중의 모든 소리에 귀가 열립니다.

"석션 소리가 막힌 거 같네."

"옆 체어 환자분의 신음 소리가 들리네."

"접수실에서 고성이 들리는 거 같네."

이런 미세한 소음들이 제 감정을 지배합니다.

결국 치과만의 특징은

시각보다

청각이 더 예민하게 작동하는 공간입니다.

공명(共鳴)

환자와 의사와 진료 팀이 같은 공간에서

비슷한 소음에 함께 있을 때

같은 감정이 되기도 합니다.

진료 중엔 침묵도 일종의 공명입니다.

부드러운 의료진의 말이 없는 순간,

석션 소리만 크게 들리죠.

그때 환자의 불안은 최고조로 올라갑니다.

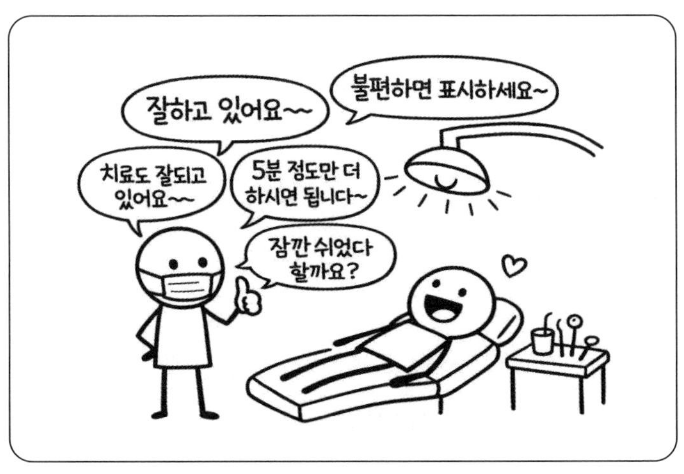

그래서 저는 일부러 제 라디오를 쉬지 않습니다.

"지금 잘 되고 있습니다."

"힘드시죠~? 잘하고 있습니다. 감사합니다."

"이제 10분이면 끝납니다."

"아이고~ 생각보다 오래 걸리네요, 죄송합니다."

이 한마디 말이 불안을 해결합니다.

내용보다도 **소리의 리듬**이 환자를 안정시킵니다.

목소리의 톤, 말의 속도, 간격.

이것들이 안심의 공명을 만들어 냅니다.

다급한 목소리는 날카롭고,

평온한 목소리는 따듯해집니다.

환자에게 위로는

내용이 아니라 '톤'으로 전달됩니다.

"괜찮습니다."

이 말이 같은 단어라도

어떤 소리로 들리느냐가 다릅니다.

그래서 저는 전문 센터에서 보이스 스타일링을 배웠습니다.

매일 아침 출근하면서 발성 연습을 합니다.

'동그라미 호흡'

'키중자 말하기'

환자의 마음을 바꿀 순 없지만

내 발성은 바꿀 수 있죠.

환자는 결국

'치료의 결과'보다

'진료실의 소리'를 기억합니다.

그 공간의 톤이 편했는지,

의사의 목소리가 안정됐는지.

기억은 사라지지만

느낌은 남습니다.

그게 신뢰의 잔향입니다.

진료실의 소리는 솔직합니다.
숨길 수도, 꾸밀 수도 없습니다.
그 소리에 마음이 실리면
그게 바로 신뢰의 '공명'입니다.

"수고했습니다.
정말 감사합니다."
이 한마디가
기계 소리를 잠재우는
가장 따뜻한 음악입니다.

Dentistry is a work of love.
감사합니다.

22장

말보다 태도

핵심 단어: 인상(印象)

사람은 치료 내용을 기억하지 못합니다. 이해도 하기 힘들죠.

임플란트가 어디 브랜드인지, 뼈이식은 했는지, 며칠 뒤엔 다 잊어버립니다.

하지만 **그때의 느낌**은 남습니다.

병원 전체의 느낌, 전체적 경험, 특히 그날 보여 준 원장의 표정,

그때 들렸던 목소리,

그 짧은 "괜찮습니다"의 톤.

그게 기억 속에 오래 남습니다.

치과 의사에게 '인상'은 마케팅 용어가 아닙니다.

계속 남아 있는 잔상입니다.

사람은 진료를 평가하지 않습니다.

느낌을 평가합니다.

'그 치과는 설명을 잘해.'가 아니라

'그 원장님은 참 진심이 느껴져.'

이렇게 더욱 오래 기억에 남습니다.

전 말투가 빠르고 하이톤입니다. 급하게 많은 정보를 말하려고 하고,

상대방이 말하는 도중에 끼어들고 싶어 근질거립니다.

아무리 좋은 내용, 감탄할 인사이트라 하더라도

끼어들어 말하면

듣는 이는 마음이 닫힙니다.

이가 많이 흔들려 걱정인 환자분이 제게 말합니다.

"이가 흔들리네요. 씹을 때도 불편하고…

지금은 빼고 싶진 않아요… 안 좋은 건 아는데 나중에 임플란트 하더라도

지금은 안 아프게 해줬으면 좋겠어요."

전 엑스레이를 본 순간부터 발치해야 한다고 설득하고 싶습니다.

왜냐하면

흔들리는 치아를 방치하면

잇몸 뼈가 더 녹거든요.

그래도 말을 끊으면 환자분은 마음이 닫힙니다.

그리고 아무리 정확하게 설명을 해도 환자분은 마음이 닫힙니다.

초식동물에게 선한 마음으로 고기를 줘도, 초식동물은 전혀 고맙지

않습니다.

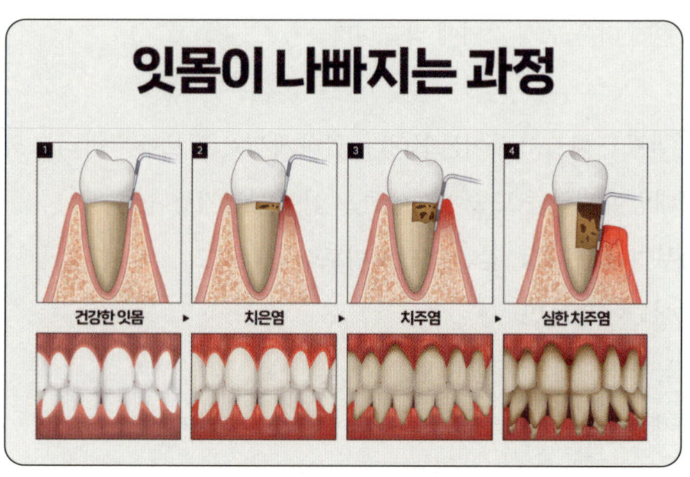

우리가 하는 일은 결국 **기억 설계**입니다.

환자의 뇌가 아니라 **마음에 남는 인상**을 설계하는 일.

그래서 저는 치료보다, 설명보다 '마지막 인사'를 더 신경 씁니다.

"근심이 많으시겠습니다. 도와드릴 테니 언제든 말씀주세요."

이 말은 습관처럼 들릴 수 있지만,

진심을 담으면 태도가 됩니다.

환자는 나아진 게 없음에도 불구하고

내 편이 생겼다는 든든한 느낌이 남습니다.

세스 고딘이 말했죠.

"사람들은 제품을 사지 않는다. 자신이 느끼는 의미를 산다."

치과도 똑같습니다.

사람들은 '치료'를 받으러 오는 게 아니라

자신의 불안을 해결해 줄 태도를 보러 옵니다.

주언규가 말하듯,

결국 중요한 건 '결'이에요.

어떤 결의 사람으로 보이는가?

완벽한 의사보다,

따뜻한 공기를 만드는 사람이 되어야 합니다.

저는 요즘 이렇게 정리합니다.

- **진료**실력은 기본이지만,
- **태도**는 신뢰를 키웁니다.
- **결과**는 잊히지만,
- **공기**는 남습니다.

"수고하셨습니다."

"최선을 다해 돕겠습니다."

이 두 문장은 의사가 환자에게 남길 수 있는

가장 단단한 명함입니다.

Dentistry is a work of love.

감사합니다.

23장

기다림 → 불편함 → 억울함

핵심 단어: 기다림(待)

사람은 '기다리는 시간'이 불편한 게 아닙니다.
기다리는 동안 생기는 감정이 불편한 겁니다.
"나… 잊힌 건가?"
"내 예약이 밀린 걸까?"
"혹시 나만 오래 기다리나?"
"나만 차별하나?"
대기실에서 환자들은
기다리다 보면 억울함을 느낍니다.

저는 예전에 이렇게 생각했습니다.
"기다릴 수도 있지. 우리가 이렇게 노력하는데… 이해해 주셔야지."
"거 참. 성격 급하시네. 분명 주변 사람들 힘들게 하는 별로인 사람일 거야."
하지만 그건 오만입니다.
기다림은 '시간' 문제가 아니라

'신뢰' 문제입니다.

어느 날 환자분이 말했습니다.

"원장님, 저 오늘 1시간 더 기다렸어요."

말투는 차분했지만,

미세하게 격양된 떨림이 있었습니다.

환자는 부당함을 느끼고

자신만 차별되고 피해 본다고 느꼈을 겁니다.

치과는 병원입니다.

병원은 치료하는 기관이면서도 서비스 공간입니다.

환자는 아픈 몸과 함께

불안한 마음으로 옵니다.

그래서 저는 대기 시간을

불안한 시간의 타이머라고 생각합니다.

기다림은 환자의 마음에

분노 감정이 쌓이는 순간이니까요.

어떤 분은 이렇게 말하십니다.

"얼마나 더 기다려야 하나요?"

이 말의 진짜 뜻은

"경고합니다."입니다.

그리고 어떤 분은 이렇게 말하십니다.

"오늘은 그래도 어제보다는 조금 더 빨리 들어갔네요…"

이 말의 진짜 뜻은

"오늘도?"입니다.

치과 진료 특성상 대기 시간을 없앨 수 없습니다.

그렇다면 분노를 예방합니다.

저희는 이렇게 합니다.

"○○ 님, 죄송합니다. 벌써 20분 정도 기다리셨네요 ㅠㅠ.

제가 방금 확인했는데 20분 정도 더 기다리셔야 할 듯합니다. 최대한 빨리 해결해 드리겠습니다.

많이 바쁘시면 예약을 잡아드릴까요?"

"어려우시면 조율해 드리겠습니다. 편하게 말씀해 주세요."

"기다리게 해서 죄송합니다. 바로 도와드리겠습니다."

터지기 전에 미리 대응하는 예방이

많은 것을 해결합니다.

예전엔 이런 생각을 했습니다.

"왜 이렇게 예민하게 반응하시지?"

"좀만 기다려도 되는데…"

하지만 지금은 생각을 달리합니다.

공감은 상대방의 입장에서 논리를 세우는 겁니다.

그리고 우리는

저는

약속을 어겨도 되는 특별한 사람이 아닙니다.

이건 환자 잘못이 아닙니다.

인간이면 누구나 그렇습니다.

사람들은 '치료'를 기다리는 게 아니라

'존중'을 기다립니다.

저는 요즘 이렇게 정리합니다.

- 기다림은 정보가 없을 때 불안해지고,

- 말이 없을 때 오해가 커지고,

- 태도가 없을 때 서운함이 됩니다.

그래서 한마디가 중요합니다.

"○○ 님, 기다리게 해서 "정말" 죄송합니다."

이 진심 어린 사과로 돈으로, 치료로 해결할 수 없는

마음을 어루만지는 치료입니다.

기다림은 줄일 수 없지만,

기다릴 때의 **느낌**은 바꿀 수 있습니다.

그게 진짜 환자 경험입니다.

Dentistry is a work of love.

감사합니다.

24장

좋은 설명은 높은 밀도다

핵심 단어: 밀도(密度)

치과에서 설명은 길수록 좋은 게 아닙니다.

길어지면 정보가 쌓이는 게 아니라

불안이 쌓입니다.

환자들이 진짜 듣고 싶은 건

전문 용어나 긴 설명이 아닙니다.

"알기 쉽고 확실한 정보"입니다.

30대 남성 환자분이 신경 치료 중입니다. 전 최대한 자세히 설명하죠.

"신경 치료는 치아 속의 신경을 제거하고 충전재를 채우는 치료입니다.

신경 손상으로 계속 발생하는 통증을 해결하기 위한 과정으로 보통 3,4회 정도 지속됩니다.

신경형태가 복잡하고, 치아 뿌리가 좋지 않은 경우

통증이 잡히지 않아 결국 빼는 경우도 있습니다.”

이런 일련의 과정을 자세히 설명하다 보면
“원장님이 설명을 너무 많이 해 주셔서…
뭐가 더 중요한지 모르겠어요.”
그 말을 듣고 깨달았습니다.
이 장황한 설명은
‘환자를 위한 것이 아닌’
‘나를 위한 것이구나.’

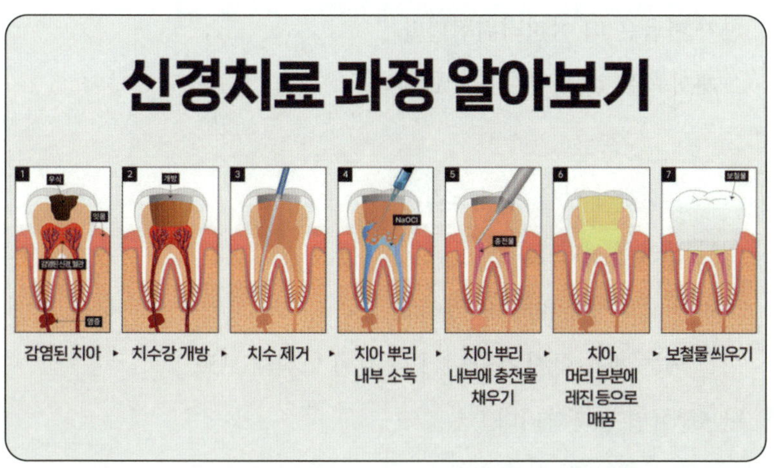

설명은 ‘정보 제공’이 아니라
불안을 제거하는 과정입니다.
좋은 설명은

정보를 늘리는 게 아니라

선택지를 줄입니다.

환자분이 말합니다.

"이가 시리고, 흔들리고, 씹을 때도 아파요.

이걸 살릴 수 있을까요?"

제 머릿속엔 동시에

염증, 치조골, 동요도, 교합, 보존 가능성…

수십 가지 판단이 떠오릅니다.

하지만 그걸 모두 말하면

환자 마음은 더 어지러워집니다.

그래서 저는 한 문장으로 정리합니다.

"○○ 님, 제가 답을 정해 드리자면

일단 살려 봅시다.

하지만 오래가진 않을 수 있어요.

이를 빼는 게 의학적 정답이지만, 같이 노력해 보죠."

단 3줄이면 충분합니다.

이 3줄이 바로 '밀도'입니다.

밀도가 높은 설명은

가장 중요한 것만 남겨 두는 것입니다.

- 지금 상태
- 선택지 1
- 선택지 2
- 가장 안전한 방향
- 비용과 시간
- 그리고 이유

사실 환자가 진짜 궁금한 건 딱 하나입니다.
"그러면 저는 어떻게 되는 건가요?"
그 질문에만 정확히 답하면 됩니다.

설명이 길어지면 환자는 두려움을 느낍니다.
설명이 짧아도 환자는 불안해집니다.
중요한 건 **양**이 아닙니다.
중요한 건 **밀도**입니다.
세스 고딘 말처럼,
'명확함이야말로 고객을 존중하는 가장 강한 친절'입니다.
치과도 똑같습니다.
명확함은 공감의 언어입니다.

전 예전에는
'정확한 설명 = 친절'이라고 믿었습니다.

주구장창 설명을 했습니다.

거기다 잘 설명하기 위해

비유도 많이 했습니다.

한참 신나게 '치의학지식콘서트'를 공연하고

개운한 표정으로 환자를 보면

표정이 멍해져 있었습니다.

머리는 과부하, 마음은 더 불안.

"아… 내가 너무 많이 말했구나."

지금은 다르게 합니다.

1. 한 문장으로 시작

"오늘은 오른쪽 어금니의 통증 원인부터 확인할게요."

2. 핵심만 전달

"이 치아는 3가지 문제 중 하나입니다.

제가 먼저 확인해서 알려 드릴게요."

3. 선택지는 두 개만

"A는 유지, B는 교체."

4. 마음 먼저 케어

"○○ 님 입장에서 가장 안전한 방향은 B입니다."

5. 불안 줄이는 마지막 한 줄

"결정은 서두르지 않아도 됩니다."

그리고 마지막 최고 결정타

"어떻게 생각하시는지 ○○ 님의 생각을 듣고 싶습니다."

설명의 목적은
환자를 설득하는 게 아닙니다.
설명이 아니라
'명확함'을 주는 일입니다.

Dentistry is a work of love.
감사합니다.

25장

환자는 숫자가 아니라 스토리다

핵심 단어: 사연(事緣)

치과경영의 진짜 어려움은

치료가 아니라 사람입니다.

사람마다 통증은 비슷할지 몰라도

100명이 있으면

100가지 사연이 있습니다.

그리고 그 사연을 모르면

아무리 정확한 진료를 해도

환자는 온전히 치유되지 않습니다.

예전에 저는

"오늘 몇 명 남았지?"

"다음 환자는 어떤 수술이지?"

이런 식으로 일정을 봤습니다.

혼신의 힘을 다해 하루 진료를 끝내고 나면

처음엔 개운하고 뿌듯할 때가 많았지만

언제부턴가 공허함을 느끼기 시작했습니다.

오늘 한 환자분이 말했습니다.

크라운 치료를 한 뒤

뭔가 씹는 게 불편하고

음식이 애매하게 끼인다고 하셔서

3번 수정하면서 지켜보던

60대 여성분이었습니다.

"원장님… 요즘 치과 올 때마다 죄책감이 들어요."

"왜요?"

"아픈 것도 미안하고, 시간 뺏는 것도 미안하고…

제가 좀 번거로운 환자 같아서요."

그 말을 듣고 마음이 철렁했습니다.

이분은

"차트번호 '9327',

본원에서 #36 크라운,

보철물 2번 수정함.

경과 관찰 후 개선 없을 경우

재제작."

으로 대하는 제 해결과제가 아니라

죄책감을 품고 앉아 있던 한 사람이었습니다.

또 어떤 환자분은 이렇게 말했습니다.

"임플란트 해야 하는 건 아는데…

지금은 너무 정신이 없어요.

2주 전에 고관절 수술도 하고, 제 딸이 아파서 입원하고… 솔직히 마음이 좀 그렇네요."

전 속으로

'이 치료는 어떻게 하지?

어떤 비유를 들어 잘 설명해 드리지?

비용이 얼마쯤 들지?

그리고 어떻게 이 환자분을 만족시키지?'

이렇게 생각했습니다.

그러던 어느 날, 특별한 계기는 없었고, 스며들듯이 새로운 생각이 떠올랐습니다.

그 사람의 이야기,

그 사람의 배경,

그 사람의 삶이

치아보다 먼저 보였습니다.

사람을 이해하면

설명이 달라집니다.

태도가 달라집니다.

속도가 달라집니다.

"빨리 치료하시죠" 대신

"○○ 님, 많이 심란하시겠네요. 제가 어떤 것을 도와드릴 수 있을지
우리 같이 고민해 봅시다. 어떤 부분이 가장 신경 쓰이시는지요?"

이 질문에서

신뢰가 시작됩니다.

사연을 모르면 설득이 되고,

사연을 알면 대화가 됩니다.

사연을 모르면 지적(指摘)이 되고,

사연을 알면 이해가 됩니다.

사연을 모르면 의심이 생기고,

사연을 알면 정성이 생깁니다.

저는 요즘

환자를 볼 때 의식적으로 한 가지를 합니다.

"이 사람은 왜 지금, 왜 우리 치과에 오셨을까?"

이 질문을 던집니다.

그러면 치아만 보던 시야가

사람으로 바뀝니다.

"직장에서 눈치 보며 시간 뺐을까?"

"아이 맡길 데 없어 쫓기듯 왔을까?"

"돈 걱정 때문에 말 못 하고 있을까?"

"진짜 원하는 건 '안 아픈 치아'가 아니라

'안 불안한 마음' 아닐까?"

이렇게 생각하면

말투가 달라지고,

진료가 달라지고,

공기가 달라집니다.

환자는 치아 때문에 오는 게 아닙니다.

사연 때문에 옵니다.

치아는 그 사연의 한 조각일 뿐이고,

우리는 그 사연 전체를 만나는 사람들입니다.

숫자는 잊힙니다.

사연은 남습니다.

숫자는 기록이지만,

사연은 관계입니다.

그래서 저는 오늘도

숫자보다 사람을 먼저 봅니다.

치아보다 마음을 먼저 듣습니다.

"○○ 님, 오늘 어떤 일로 제일 걱정되셨어요?"

이 질문 하나가

환자의 마음을 여는 열쇠입니다.

Dentistry is a work of love.
감사합니다.

26장

치료 계획은 선고가 아니라 약속이다

핵심 단어: 약속(約束)

치료 계획을 세우는 건

단순히 치료 과정을 정리하는 일이 아닙니다.

치료 계획은 정보가 아니라 약속입니다.

"앞으로 이렇게 가겠습니다."

"당신의 시간을 이렇게 쓰겠습니다."

"제가 책임지고 이 길을 안내하겠습니다."

이 문장들의 압축이 치료 계획입니다.

환자에게 치료 계획은

'뭘 할 건가요?'가 아니라

"제가 믿어도 될까요?"

이 질문에 대한 대답입니다.

예전엔 치료 계획을

'자료 설명'이라고 생각했습니다.

X-ray, CT, 잇몸 뼈, 충치 깊이, 신경 위치…

정보를 충실히 보여 주면

환자도 납득할 거라 믿었죠.

하지만 현실은 정반대였습니다.

정보가 많아질수록

환자는 더 불안해졌습니다.

왜냐하면

환자는 정보를 해석할 능력이 부족한 게 아니라,

몰랐던 부분을 감당할 준비가 안 되어 있기 때문입니다.

어떤 환자분이 말했습니다.

"원장님… 알아서 해 주세요. 너무 무섭고, 무슨 말인지도 모르겠고,
어떻게 해야 할지도 모르겠어요."

그 말을 듣고 저는 깨달았습니다.

이분이 원한 건

'정보의 양'이 아니라

'의사의 약속'이었습니다.

그래서 요즘은 이렇게 말합니다.

"○○ 님, 이건 저와 당신이 같이 가는 계획입니다.

제가 끝까지 책임지겠습니다."

생각해 보면, 첫 진료를 시작했을 때부터, 항상 그런 마음이 있었습
니다.

다만, 너무 쑥스럽고, 너무 거창해 보이고, 조금이라도 실수하면 거
짓말쟁이로 보이기 싫어서 표현하지 않았던 것뿐이었습니다.

그런 알량한 제 도덕적 부담을 줄이는 안일함과

책임지겠다는 말을 듣는 환자분의 마음의 안도감을

저울질해 보면

당연히 책임지겠다는 말을 하는 게 맞죠.

한 50대 남성 환자분은

앞니 임플란트 치료를 앞두고 이렇게 말했습니다.

"원장님, 솔직히 겁나요.

저 당장 사회생활을 해야 하는데…

잘 안 되면 어떻게 하죠?"

그 말 뒤에 숨은 진짜 질문은

"제가 망가질까 봐 무섭습니다."가 아니라

"당신이 나를 안심시켜 줄 수 있나요?"였습니다.

그래서 저는 이렇게 답합니다.

"○○ 님, 일단 제가 최선을 다해 보겠습니다."

그 말을 하면

대부분의 환자는 긴장된 어깨가 조금 가라앉습니다.

치료 계획은

"이렇게 진행합니다"가 아니라

"제가 함께하겠습니다"입니다.

환자가 필요로 하는 건

절차 설명이 아니라

네비게이션입니다.

길을 아는 사람보다

길을 정해 주고, 믿음을 주는 사람이

더 어렵고, 더 귀합니다.

저는 요즘 치료 계획을 이렇게 정리합니다.

1. 환자 상황에 가장 최적의 방향

2. 불안 요소 최소화

그리고 마지막에 이렇게 말합니다.

"○○ 님, 저희 치과에서 안 하셔도 되니깐

여기서 불안하신 부분이라도 싹 다 해결하고 가세요.

뭐든지 다 물어보시고 걱정되는 부분 말씀해 주세요.

그리고 소문 많이 내주시면 감사하고요~"

정보는 잊힙니다.

하지만 감정은 남습니다.

치료 계획은 선고가 아니라

함께 한다는 약속입니다.

Dentistry is a work of love.

감사합니다.

27장

설득하지 않는다, 그저 돕는다

핵심 단어: 신뢰(信賴)

환자는 설득을 싫어합니다. 아니 우리 모두 설득을 싫어합니다.

하지만 설명은 필요합니다.

이 둘은 전혀 다른 개념입니다.

설득은 '상대의 마음을 바꾸려는 힘'이고

설명은 '상대를 도우려는 마음'입니다.

사람은 힘에는 저항하고,

태도에는 마음을 엽니다.

이솝 우화의 햇님과 바람님이 나그네 옷을 벗기려고 한 대결처럼,

사람은 억지로 옷을 벗기려면 오히려 벗지 않고

따스하게 데워 주면 스스로 벗습니다.

예전에 저는

'정확한 정보 + 논리 + 통계'면

누구든 설득할 수 있을 거라 믿었습니다.

특히 치아를 빼야 할 때.

"이건 발치해야 합니다."

"잇몸 뼈가 더 녹기 전에 빨리 하셔야 합니다.

왜냐하면 나중 임플란트나 틀니를 튼튼하게 쓰기 위해서죠."

"지금 미루면 더 큰 수술이 됩니다."

말은 맞습니다.

그런데 환자의 표정은 굳었습니다.

왜일까요?

그 순간

저는 환자의 치아만 봤지

환자의 "상실감"은 보지 못했습니다.

어느 환자분은 이렇게 말했습니다.

"원장님… 발치해야 한다는 말이 너무 무서워요.

제가 뭔가 잘못한 느낌이에요."

그 말이 제 가슴을 때렸습니다.

이 사람은 '치료 선택'을 고민하는 게 아니라

'현재 비관적 처지'를 감당하고 있었습니다.

저는 그동안

치료를 설득했고,

환자는 속상한 마음을 견디고 있었습니다.

사람은 '정보' 때문에 움직이지 않습니다.

사람은 '괜찮다'는 느낌이 들 때 움직입니다.

그래서 저는 설득을 중단했습니다.

대신 이렇게 말했습니다.

"○○ 님, 발치가 정답이 아닐 수도 있습니다.

당신 상황에서 가장 안전한 선택을 같이 찾는 게 제 역할이에요."

그리고 저는 환자에게

결정을 강요하지 않습니다.

대신 질문합니다.

"○○ 님은 어떤 게 제일 두려우세요?"

"어떤 결과가 가장 걱정되세요?"

"제가 도와드릴 수 있는 부분은 어디일까요?"

이 대화가 끝나면

환자는 대부분 이렇게 말합니다.

"… 원장님이 하자는 쪽으로 할게요."

설득은 힘이고,

신뢰는 흐름입니다.

설득은 밀어붙이는 것이고,

신뢰는 당겨지는 것입니다.

설득은 감정을 막고,

신뢰는 감정을 열어 줍니다.

그리고 신뢰는

치과에서 가장 강력한 가치입니다.

신뢰는 어디서 생길까요?
정보에서?
기술에서?
논리에서?
아닙니다.
신뢰는 본인 안에서 시작됩니다.
환자가 마음을 여는 순간은
설명이 정확한 순간이 아니라
"내가 이 사람 앞에서 안전하다"고 느껴지는 순간입니다.

설득을 멈추면
대화가 시작됩니다.
대화가 시작되면
이해가 생기고,
이해가 생기면
신뢰가 쌓입니다.
그리고 신뢰는
결국 환자가 스스로 선택하게 만듭니다.
그 선택이
본인의 선택이기 때문에

치료는 훨씬 더 수월하게 진행됩니다.

저는 요즘 이렇게 정리합니다.

- 설득하면 멀어지고
- 경청하면 가까워지고
- 공감하면 열린다.

세 줄이면 충분합니다.
이게 제가 치료 전 마음을 세팅하는 방식입니다.

환자는 정답을 듣고 싶은 게 아닙니다.
정답을 함께 찾는 사람을 원합니다.
치과의 본질은 치유이고,
치유의 본질은 신뢰입니다.

Dentistry is a work of love.
감사합니다.

28장

환자가 치료를 망설이는 것은 결정을 미루는 게 아니라 마음을 정리하는 시간입니다

핵심 단어: 여백(餘白)

환자들은 결정을 미루는 게 아닙니다.

마음을 정리할 시간이 필요한 것입니다.

이걸 모르면 의사는 답답해지고,

이걸 이해하면 대화가 부드러워집니다.

어떤 환자분이 말했습니다.

"원장님, 오늘은 결정을 못 하겠어요.

집에 가서 좀 생각해 보고 싶어요."

전 예전엔 이렇게 느꼈습니다.

"설명이 부족했나?"

"내 기술을 믿지 못한 건가?"

"지금 해야 하는데…"

하지만 지금은 다르게 생각합니다.

이 말의 진짜 뜻은

"마음을 정리할 시간이 필요합니다."입니다.

사람은 감정이 정리되지 않으면
정보를 받아들이지 못합니다.
그래서 저는 요즘
'결정을 바로 하게 만드는 것'보다
'결정을 편안하게 만들 환경'을 먼저 만듭니다.

환자분은 이렇게 말합니다.
"임플란트 해야 한다는 건 알겠는데…
지금은 결정을 못 하겠어요."
마음속에서는 이런 말이 숨어 있습니다.
"지금 내 삶이 너무 복잡해요."
"이게 정말 최선인지 스스로 정리가 안 돼요."
"혹시 내 선택이 실패일까 봐 무서워요."
사람은 **결정 자체가 두려운 게 아니라**
결정 후 혼자가 될까 봐 두렵습니다.

그래서 저는 결정을 밀어붙이지 않습니다.
대신 이렇게 말합니다.
"○○ 님, 급하게 선택하실 필요 없습니다.
불안이 정리되면 그때 선택하셔도 괜찮습니다."
이 한 문장이
부담을 내려놓고

신뢰를 받아들일 여백을 만들어 줍니다.

여백이 있는 설명은

압박이 아니라

안전감을 줍니다.

여백이 있는 상담은

설득이 아니라

동행을 만듭니다.

여백이 있는 관계는

불안이 아니라

신뢰를 키웁니다.

사람은 마음이 복잡할 때

결정을 미루는 것이 아니라

자신을 보호하고 있습니다.

그 마음을 이해해 주는 의사에게

사람은 자연스럽게 마음을 엽니다.

저는 요즘 이렇게 정리합니다.

- 결정을 미루는 사람을 재촉하지 않는다.
- 시간을 달라는 사람에게 충분한 시간을 준다.

- 불안을 말하는 사람에게 답을 주지 않는다.

대신 한 문장만 건넵니다.

"○○ 님, 마음이 괜찮아질 때 다시 이야기하셔도 됩니다.

그리고 제가 도와드릴 수 있는 것이 무엇이 있을까요?"

이 말은

결정을 촉구하는 말보다

치료를 훨씬 빨리 진행되게 만듭니다.

신뢰는 여백에서 자라기 때문입니다.

Dentistry is a work of love.

감사합니다.

29장

치과가 힘든 이유는 통증이 아니라 '편견'이다

핵심 단어: 해석(解釋)

사람이 느끼는 통증은

거의 다 비슷합니다.

찌릿하거나, 시리거나, 뻐근하거나.

그런데

어떤 사람은 그 통증을 '참을 만하다'고 느끼고,

어떤 사람은 그 통증을 '죽을 거 같다'고 느낍니다.

차이는 **통증 자체가 아니라, 통증을 해석하는 방식**입니다.

치과는 몸보다 마음이 더 과장되는 공간입니다.

"이 시림이 뼈를 뚫고 내려가면 어떡하지?"

"이 느낌은 신경이 다 죽어서 그런 건가?"

"마취가 안 되면 바로 아픈 거 아닌가?"

환자의 뇌는

통증 앞에서 현실을 보는 게 아니라

'최악의 가능성'을 먼저 그립니다.

그걸 우리는 '불안'이라고 부르지만

정확히 말하면 **왜곡된 해석**입니다.

통증의 세기는 1인데

해석의 강도가 10이 되는 순간,

그 사람에게 치과는 공포가 됩니다.

예전에 한 환자분이 말했습니다.

"원장님, 이거 신경까지 다 썩은 거 아니에요?"

"왜 그렇게 생각하세요?"

"치아가 시리니까요. 이 정도면 거의 끝난 거 아닌가요?"

전 설명했습니다.

"시림은 신경이 살아 있다는 뜻이에요.

죽은 신경은 아프지 않습니다."

그 말을 듣고 환자분은 한숨을 쉬었습니다.

"아… 저는 다 망한 줄 알았어요."

환자는 통증 때문에 힘든 게 아니라

통증을 재앙으로 해석했기 때문에 힘들었던 겁니다.

제가 치과에서 가장 많이 하는 말은 이것입니다.

"○○ 님, 지금 느끼시는 통증은 정상 범위 안에 있어요."

이 말이 아픔을 없애진 않지만

해석을 바꿉니다.
통증은 그대로인데
해석이 바뀌면
감정이 가라앉습니다.
치과에서의 공포는
몸이 아니라
뇌에서 만들어집니다.

환자분이 이렇게 말한 적도 있습니다.
"원장님, 이 느낌이 너무 무서워요.
뭔가 큰일 나는 신호 같아서…"
그럴 때 저는 잠깐 멈춥니다.
그리고 아주 짧게 설명합니다.
"○○ 님, 이건 위험 신호가 아니라
치료가 잘 작동하는 신호입니다."
"이 느낌이 나타나는 건 정상입니다."
그러면 환자 표정이 바로 바뀝니다.
아픔이 줄어든 게 아니라
두려움의 해석이 수정된 것입니다.

세스 고딘 식으로 말하면
우리가 파는 것은 '치료'가 아니라

안심의 의미(meaning)입니다.

저는 요즘 이렇게 정리합니다.

- 통증은 몸에서 시작되지만
- 공포는 마음에서 커진다.
- 공포는 통증이 아니라
- 머릿속에서 만들어진 편견이다.
- 의사의 역할은
- 통증을 줄이는 것 + 편견을 바로잡는 것이다.

이 두 가지가 동시에 돼야
환자가 진짜 치유를 경험합니다.

환자는 통증보다
'통증이 무슨 의미인지'를 무서워합니다.
그래서 저는 환자에게
치료 먼저 말하지 않고
해석부터 설명합니다.
"이 통증은 위험이 아닙니다."
"이 느낌은 정상 반응입니다."
"지금은 아픈 게 아니라 과민 반응입니다."

해석을 바로잡는 순간
환자는 마음을 되찾습니다.

결국 치과 공포증의 핵심은
몸이 아니라 마음입니다.
신경이 아니라 해석입니다.
통증이 아니라 의미입니다.
사람은 통증 때문에 울지 않습니다.
통증을 재앙으로 오해해서 우는 것입니다.
그 오해를 풀어 주는 것이
치과 의사가 해야 할
가장 섬세한 치유입니다.

Dentistry is a work of love.
감사합니다.

30장

사람은 아픔보다 '모르는 것'을 더 무서워한다

핵심 단어: 예측(豫測)

사람이 치과를 무서워하는 이유는

아파서가 아닙니다.

'언제 아플지 모르는 순간' 때문입니다.

치과 공포의 80%는

통증이 아니라

예측 불가함에서 시작됩니다.

치과 체어에 누우면

내 입안은 내 것이 아닙니다.

내 눈은 가려지고,

내 귀는 과장되고,

내 손은 묶여 있듯이 움직일 수 없습니다.

그리고

내 입안에서 무슨 일이 일어나는지

전혀 볼 수 없습니다.

"지금 뭐 하는 거지?"

"언제 마취를 할까?"

"이게 끝이야, 시작이야?"

"조금 아픈 게 정상인가?"

모든 불안은 **모를 때** 생깁니다.

예전에 한 환자분이 마취 들어가기 직전

손을 꽉 쥐고 말했습니다.

"원장님… 언제 찌르시는지 말해 주실 수 있나요…?"

나는 고개를 끄덕였습니다.

"그럼요.

지금 바늘 들어가기 3초 전이에요."

1… 2… 3…

딱 그 순간, 환자의 눈이 조금 풀어졌습니다.

마취가 안 아픈 게 아니라

예상할 수 있어서 덜 무서운 것입니다.

사람은 통증을 견딜 수 있습니다.

하지만 **모르는 통증은 견디지 못합니다.**

아기를 낳은 산모가 이런 말을 합니다.

"아기가 나온다는 걸 아니까

진통은 견딜 수 있었어요."

사람은 목적이 보이면 버팁니다.

전개가 보이면 진정됩니다.

순서를 알면 안심합니다.

치과도 똑같습니다.

그래서 저는 요즘

설명을 '정보 전달'이 아니라

'불안 제거'로 바라봅니다.

- "지금 마취 시작할게요."
- "지금은 다듬는 단계예요. 아프진 않아요."
- "이제 절반 정도 왔습니다."
- "마지막 30초만 더 도와주세요."
- "이제 끝났습니다. 잘하셨어요."

이 말들이 통증을 없애 주는 건 아니지만

통증에 대한 **해석을 안정시킵니다.**

그리고

이 해석의 안정이 바로

'예측 가능성'입니다.

한 50대 남성 환자분이

잇몸 치료 도중 갑자기 울먹이며 말했습니다.

"…원장님, 이거 언제 끝나요?

저는 그게 제일 무서워요."

그 말이 잊히지 않습니다.

이분은 아파서 운 게 아니라

끝이 안 보이는 게 무서워서 울었습니다.

저는 곧바로 말했습니다.

"○○ 님, 딱 1분만 더 도와주세요.

1분 뒤엔 제가 바로 멈추겠습니다."

그 말이 끝나자마자

그분의 어깨가 내려갔습니다.

목소리도 잦아들었습니다.

예측할 수 있는 사람은

두려움을 반으로 줄인 사람입니다.

저는 요즘 이렇게 정리합니다.

- 사람은 통증을 무서워하지 않는다.
- 사람은 **모르는 통증**을 무서워한다.
- 그래서 치과의 가장 큰 역할은
- '정보 제공'이 아니라
- **미래를 보여 주는 일이다.**

치과 의사는
치료를 하는 사람이 아니라
미래를 설명하는 사람입니다.

예측 가능성은
치료의 난이도를 낮추고,
환자의 불안을 낮추고,
환자의 '나도 할 수 있다'는 감정을 키웁니다.
공포는 어둠 속에서 자라고,
신뢰는 빛 속에서 자랍니다.
빛이란 곧
예측의 언어입니다.

"○○ 님,
지금은 이 정도면 정상입니다.
여기서 이렇게 가면 되고,
제가 이 구간은 책임지겠습니다."
이 한 문장이
치과 공포의 절반을 없앱니다.
사람은
모르는 미래가 무서운 것이지
아픈 현재가 무서운 게 아닙니다.

Dentistry is a work of love.

감사합니다.

4부
불안 치유하기

31장

말보다 먼저 닿는 건 '안심의 루틴'이다

핵심 단어: 루틴

치과 공포를 줄이는 가장 강력한 방법은

설명이 아닙니다.

기술도 아닙니다.

루틴입니다.

'항상 같은 방식으로 환자를 맞이하는 습관.'

이게 마음을 안정시키는 가장 빠른 기술입니다.

우리가 편한 카페를 좋아하는 이유는

커피가 맛있어서가 아닙니다.

익숙함, 예측 가능함,

즉 **루틴** 때문입니다.

사람은 반복되는 패턴에서 안심합니다.

치과도 똑같습니다.

환자는 "치료"보다

"패턴"을 먼저 느낍니다.

저는 어느 순간 깨달았습니다.

말보다 먼저 닿는 건 **공기**이고,

공기를 만드는 건 **루틴**이라는 걸요.

그래서 저는 제 루틴을 만들었습니다.

1. 이름을 부름

2. 눈을 바라봄

3. 오늘의 계획 1문장

4. 통증 체크

5. 속도 낮추기

아무리 바쁜 날도

이 다섯 가지는 절대 생략하지 않습니다.

이 루틴이 안심을 만듭니다.

예전에 이런 환자분이 있었습니다.

"원장님, 이상해요.

치료는 똑같은데… 오늘은 조금 덜 무섭네요."

그날은 제가 평소 루틴을

조금 더 천천히, 또렷하게 했던 날이었습니다.

눈을 마주 보고,

이름을 또박또박 부르고,
"오늘은 20분 정도만 진행하겠습니다."

이렇게 짧은 3패턴이
안심의 루틴이 된 겁니다.

치과 공포는
'예측 불가함'에서 생기고
치과 신뢰는
'예측 가능함'에서 생깁니다.
그리고
예측 가능함을 만드는 게
설명이 아니라 **루틴**입니다.

루틴은 작은 행동이지만
큰 의미를 만듭니다.
동그라미 호흡 3초,
"괜찮습니다." 한마디,
진료 전 10초의 잡담,
"지금은 시림이 정상입니다."라는 안내.
이 짧은 순간들이 모여
환자는 이렇게 느낍니다.

"여기는 항상 같은 톤으로 나를 대해 주는 곳이다."

그리고 이 느낌이

치과 공포를 절반으로 줄입니다.

루틴은 의사에게도 필요합니다.

의사는 환자들의 긴장을 가까이서 느끼는 직업입니다.

그래서 의사도 흔들립니다.

나는 진료 시작 전에

항상 스스로에게 이렇게 말합니다.

"오늘도 같은 방식으로,

같은 온도로,

같은 흐름으로 해 보자."

루틴은 나를 지키고

환자를 지키는 가장 간단한 장치입니다.

여기서 가장 중요한 것은

"빠르게 반복"이 아니라

"따뜻하게 반복"입니다.

기계적인 루틴은 공기를 차갑게 만들고

따뜻한 루틴은 공기를 안정시킵니다.

사람은 결국 공기의 질을 기억합니다.

그 공기를 만드는 것이

바로 **루틴의 결**입니다.

저는 요즘 이렇게 정리합니다.

- 루틴은 기술이 아니다.
- 루틴은 공기를 만드는 의식이다.
- 루틴은 환자 마음의 불안을 녹이는 가장 빠른 언어다.

루틴은 "말하기 전에 이미 전해지는 메시지"입니다.
"오늘도 안전한 치료가 시작됩니다."

Dentistry is a work of love.
감사합니다.

#치과루틴 #치과공포극복 #심리진료 #환자경험디자인 #치과커뮤
니케이션 #정성플러스치과 #부천치과추천 #성민재원장 #치과칼럼 #
치과철학

32장

치과 공포를 줄이는 새로운 관점: 천천히

핵심 단어: 완급(緩急)

치과에서 가장 빠르게 공포를 줄이는 기술은

마취도, 약도, 설명도 아닙니다.

속도(완급)입니다.

속도를 낮추는 것이 공포를 없애는 가장 빠른 방법입니다.

환자가 먼저 느끼는 건

치과의 분위기입니다.

그러면 분위기는 어떤 걸까요?

손의 거칠기, 말의 속도, 준비의 속도.

리듬이 빠르면 불안이 생기고,

리듬이 느려지면 안심이 생깁니다.

사람은 '빠른 움직임'을 보면

뇌가 먼저 방어적으로 반응합니다.

치과에서는 이 반응이

그대로 공포가 됩니다.

예전에 저도 속도가 빨랐습니다.

"다음 환자 기다리시고…"

"이거 빨리 끝내야 하는데…"

"아 이거 꼬이면 오늘 일정 다 밀리는데…"

이 마음들이

손끝, 말투, 표정으로 그대로 흘러 나갑니다.

그러면 환자의 눈빛부터 흔들립니다.

어깨는 뻣뻣해지고,

말투도 덩달아 높아지고 빨라집니다.

불안의 시작입니다.

어느 환자분이 말했습니다.

"원장님… 치료 시작도 안 했는데

벌써 긴장이 돼요."

그 말이 정확했습니다.

치료 때문이 아니라

속도 때문이었습니다.

그래서 저는 어느 순간

진료 시작 시점을 바꿨습니다.

기구를 들기 전에

먼저 속도를 늦춥니다.

호흡을 한번 고르고,

손동작을 천천히 하고,

말의 속도를 낮춥니다.

그리고 이렇게 말합니다.

"○○ 님, 최대한 안 아프게 해 보겠습니다.

천천히 아픈지 보면서 치료하겠습니다."

이 한 문장만으로

공포의 절반은 사라집니다.

속도를 낮추는 건

기술이 아니라 태도입니다.

빠르게 하면

내가 편합니다.

천천히 하면

상대가 편합니다.

치과는

의사가 편하면 환자가 불편해지고

환자가 편하면 의사가 조금 불편해지는 공간입니다.

이 불편함을 감수하는 것이

프로의 태도입니다.

저는 진료 중에

환자 발끝을 자주 봅니다.
발끝이 들리거나 긴장돼 있으면
치료를 멈춥니다.
"괜찮으세요?
조금 쉬었다 할까요?"
이 질문은
속도를 낮추는 동시에
공포를 낮춥니다.
사람은
"빨리 끝내는 진료"보다
"중간에 멈출 수 있는 진료"에서
훨씬 안심합니다.

속도를 낮추는 건
시간을 길게 쓰는 게 아닙니다.
시간의 밀도를 바꾸는 것입니다.
한 번의 천천한 움직임이
열 번의 설명보다
공포를 더 빨리 줄입니다.
호흡 한 번,
천천한 손짓 하나,
말의 톤을 1단 낮추는 것.

이것들이 환자에게 전합니다.
"여기는 안전한 공간입니다."

저는 요즘 이렇게 정리합니다.

- 속도가 빠르면 기술은 좋아 보일 수 있지만
  신뢰는 줄어든다.
- 속도가 느리면 시간이 조금 걸릴 수 있지만
  공포는 줄어든다.
- 완급을 조절하는 게
  치과 공포를 다루는 가장 강력한 기술이다.

속도는 기술의 문제가 아니라
마음의 문제입니다.

"천천히 하겠습니다."
이 말은 치료를 느리게 하는 말이 아닙니다.
환자의 마음을 진정시키는 가장 빠른 말입니다.

Dentistry is a work of love.
감사합니다.

33장

공포를 줄이는 가장 강력한 장치: "중단할 수 있는 권리"

핵심 단어: 권리(權利)

치과 공포의 핵심은

아픔이 아닙니다.

내가 통제권을 잃었다는 느낌입니다.

사람은 통증을 견딜 수 있어도

"내가 멈추고 싶어도 못 멈춘다"는 그 느낌을

도저히 견디지 못합니다.

그래서 치과의 가장 강력한 진정제는

약도, 마취도, 공감도 아닙니다.

"언제든지 멈출 수 있다"는 권리입니다.

환자들은 말하지 않습니다.

하지만 속으로는 이렇게 생각합니다.

"내가 지금 손을 들면 멈춰 줄까?"

"한번 쉬자고 말하면 짜증 내지 않을까?"

"아파도 불편해도 그냥 참아야겠지…"

"원장님 바쁘신데 나 때문에 중단되면 민폐겠지…"

환자는 참는 게 아닙니다.

도움을 요청할 수 없어서 버티는 것뿐입니다.

이게 치과 공포를 키우는 가장 큰 원인입니다.

한번은 잇몸 치료 중

50대 여성 환자분이 조용히 눈물을 흘리셨습니다.

"원장님… 중간에 멈출 수 있는 건가요…?

그걸 몰라서 너무 무서웠어요."

저는 그 순간 말문이 막혔습니다.

아프다는 말이 아니라

"멈출 수 있는지 모르는 공포" 때문에 우셨던 겁니다.

바로 말했습니다.

"○○ 님, 당연히 멈출 수 있습니다.

언제든 손 들어 주시면 바로 멈출게요."

그 말 한마디로

그분의 표정이 완전히 바뀌었습니다.

통증은 똑같았지만

공포는 절반 이하로 줄었습니다.

이 경험 이후

저는 진료 전 반드시 말합니다.

"○○ 님, 치료 중에

조금만 불편해도 손 들어 주시면 됩니다.

바로 멈추겠습니다."

이 문장 하나로

환자의 공포는 절반 이상 사라집니다.

왜냐하면

사람은 고통을 무서워하는 것이 아니라

고통을 말할 수 없을까 봐 무서워하기 때문입니다.

세스 고딘은 이렇게 말했습니다.

"사람은 제품을 원하는 게 아니라

스스로 통제권을 되찾고 싶어한다."

치과도 같습니다.

환자가 원하는 건

완벽한 치료가 아니라

"내가 여기서 무력하지 않다"는 느낌입니다.

중단할 수 있는 권리를 주면

환자는 이렇게 느낍니다.

"아, 이 의사와 나는 같은 팀이다."

"내가 주인이구나."

"내가 통제할 수 있는 공간이구나."

이 느낌 하나가

치과 공포를 눌러 버립니다.

저는 진료 중

환자의 발끝과 손등을 봅니다.

떨리거나 굳어 있으면 바로 멈춥니다.

"○○ 님 괜찮으세요?

혹시 잠깐 쉬었다 할까요?"

이 말은 기술이 아니라

존중의 선언입니다.

사람은 존중받는 순간

두려움을 내려놓습니다.

저는 요즘 이렇게 정리합니다.

- 치과 공포는 통증이 만든 게 아니다.
- 통제권을 잃었다는 느낌이 만든 것이다.
- 그래서 치료보다 먼저 줘야 할 것은
  "멈출 수 있는 권리"이다.

의사가 먼저 통제권을 내려놓아야

환자가 마음을 올려놓습니다.

"○○ 님, 언제든 멈출 수 있습니다.
제가 끝까지 도와드릴게요."
이 말이
마취보다 더 강력한 진정제입니다.

Dentistry is a work of love.
감사합니다.

34장

안심을 주는 의사의 표정

핵심 단어: 표정(表情)

사람은 말보다 표정을 먼저 봅니다.

그리고 그 표정이 마음을 결정합니다.

치과는 특히 그렇습니다.

눈은 가리고,

입은 벌리고,

몸은 뒤로 눕고,

움직일 수 없는 상태에서

환자는 **오직 의사의 첫 표정과 분위기만** 읽습니다.

예전에 저는 제 표정에 관심이 없었습니다.

설명을 정확하게 하고,

치료를 잘 하면

그걸로 충분하다고 믿었습니다.

그러던 제 유튜브를 보고 깨달았습니다.

제 표정이 자세가, 굳어 있는 경우가 있다는 것을요.

전 항상 제 표정이 신뢰감 있는 표정이라고 생각했습니다.

순간 당황했습니다.

저는 화난 게 아니었습니다.

단지 집중하고 있었을 뿐이었습니다.

그런데 환자 입장에서는

"집중 → 차가움 → 불안"

이렇게 해석된 겁니다.

그날 이후 저는 깨달았습니다.

치과에서 표정은

의사의 감정이 아니라

환자의 안전을 만드는 장치라는 걸요.

어떤 환자분은 눈치가 빠릅니다.

기구를 찾는 손동작,

간호사와의 짧은 아이컨택,

살짝 올라간 눈썹…

이런 것들로 상황을 다 해석해 버립니다.

"뭔가 잘못된 건가?"

"상황이 안 좋은가?"

"지금 무슨 문제가 생긴 건가?"

해석은 늘 최악으로 갑니다.

이건 그 사람의 문제가 아닙니다.

두려운 공간에서 뇌가 만드는 자동 반응입니다.

그래서 저는

'표정'이 치료라고 생각합니다.

저는 진료 중 의식적으로 이렇게 합니다.

- 아이컨택하기
- 어려운 과정에도 표정 변하지 않기
- 실수하거나 변수가 생겨도 얼굴 굳히지 않기

왜냐하면 환자는

"진짜 위험한 상황에서 나오는 표정"을

영화처럼 기억하고 있기 때문입니다.

의사가 미간을 찌푸리는 순간,

환자는 바로 이렇게 생각합니다.

"망했다. 큰 문제구나."

사실 아무 문제도 없는데.

저는 요즘

이렇게 정리합니다.

- 말은 정보를 주고,
- 속도는 리듬을 주고,
- 표정은 감정을 줍니다.

치과에서 가장 먼저 전해지는 건

정보가 아니라 감정입니다.

그리고 감정은 **표정으로 번역됩니다.**

어떤 환자분은

치료 시작 전에 제 얼굴을 뚫어져라 보며 이렇게 말했습니다.

"원장님, 오늘은… 좀 괜찮으시죠?"

그 말이 참 마음을 찔렀습니다.

환자 입장에서는

'의사의 컨디션 = 내 치료의 결과'

이렇게 연결되어 보이기 때문입니다.

그래서 저는 환자를 맞을 때

항상 같은 톤의 표정을 유지하려고 합니다.

하루 중 기분과 상관없이.

그리고 이렇게 말합니다.

"○○ 님, 오늘 편하게 도와드릴게요.

저랑 같이 천천히 가봅시다."

이 한 문장이

표정과 공기를 동시에 안정시킵니다.

좋은 표정은
만들어 내는 게 아니라
마음을 정돈한 결과입니다.
그래서 진료 들어가기 전
저는 5초 정도 혼자 숨을 고릅니다.
"오늘은 누구의 공포를 먼저 줄여 줄까?"
"오늘은 어떤 표정을 보여 드릴까?"
"오늘은 어떤 공기를 만들까?"
그 한 번의 마음 정리가
표정으로 나오고,
표정은 안심으로 이어집니다.

저는 요즘
이렇게 환자를 바라봅니다.
"이분이 보기 원하는 표정이 무엇일까?"
"지금 이분이 바라는 감정은 무엇일까?"
따뜻한 표정은
치과 공포를 가장 빠르게 무너뜨립니다.
기술보다 빠르고,
설명보다 강력합니다.

표정은

치과 의사가 가진

가장 보이지 않는 약입니다.

Dentistry is a work of love.

감사합니다.

35장

치과 의사는 '말'보다 '침묵'을 들어야 한다

핵심 단어: 침묵(沈默)

치과에서 환자가 가장 많이 하는 말은

놀랍게도 "아파요"가 아닙니다.

아무 말도 하지 않는 '침묵'입니다.

환자는 누워 있고,

입은 벌어져 있고,

손은 움직일 수 없고,

상황은 낯설고,

아프다고 말하기도 애매합니다.

그러니

치과에서 침묵은 자연스러운 게 아니라,

감정이 갇힌 상태입니다.

환자는 침묵 안에서

수많은 생각을 하고 있습니다.

"이거 언제 끝나지?"

"지금 뭐 하는 거지?"

"왜 이렇게 오래 걸리지?"

"내가 뭘 잘못한 건가?"

"혹시 큰 문제 생긴 건 아닐까?"

"말하면 싫어하실까?"

말을 안 해서 조용한 게 아닙니다.

두려워서 조용한 겁니다.

이걸 모르면

의사는 실력은 있는데

환자는 계속 불안해지고

간격은 더 멀어집니다.

한번은 이런 환자분이 계셨습니다.

너무 조용했습니다.

표정도 잔잔하고, 움직임도 없고.

저도 "아, 잘 견디시네"라고 생각했습니다.

그분이 치료 후 이렇게 말했습니다.

"원장님… 사실 너무 무서웠어요."

그 말을 듣는데

제 마음이 턱 하고 내려앉았습니다.

저는 **침묵을 안정**으로 해석했고,

환자는 **침묵 속에서 공포**와 싸우고 있었습니다.

그날 이후 저는

침묵을 다르게 보기 시작했습니다.

침묵은

"괜찮아요"가 아니라

"도와주세요"일 수 있습니다.

침묵은

"편안하다"가 아니라

"말할 여유가 없다"일 수 있습니다.

침묵은

"참을 만하다"가 아니라

"참고 있는 중이다"일 수 있습니다.

그래서 저는

환자의 침묵을 먼저 열어 주려고 합니다.

진료 시작 전 이렇게 말합니다.

"○○ 님, 치료 중에 불편하시면

말씀 안 하셔도 됩니다.

손만 들어 주셔도 바로 멈출게요."

이 한 문장이

침묵에서 불안이 빠져나갈 길을 열어 줍니다.

진료 중에는 작은 변화들을 봅니다.

발끝이 굳었는지,

손등이 떨리는지,

입술이 마르는지,

미세하게 눈썹이 올라가는지.

말은 할 수 없지만

몸은 계속 말합니다.

그리고 그때 저는 말합니다.

"○○ 님, 지금 괜찮으세요?"

"조금만 더 하면 끝납니다.

힘드시면 언제든 멈출게요."

이 짧은 문장들이

침묵 속에 갇혀 있던 불안을 흔들어 깨웁니다.

사람이 감정이 깊어지면

말을 하지 않습니다.

말을 줄입니다.

또 말할 여력을 잃습니다.

그래서 침묵은

감정의 '최종 방어선'입니다.

그 방어선까지 가게 놔두면

관계는 틀어지고

공포는 쌓입니다.

세스 고딘은 말했습니다.

**"사람은 말하는 것으로 움직이지 않는다.
느껴지는 것으로 움직인다."**

치과에서는 더 그렇습니다.
말보다
표정보다
속도보다
침묵이 먼저 신호를 보냅니다.
그리고 그 신호를 읽는 사람이
진짜 프로입니다.

저는 요즘 이렇게 정리합니다.

- 침묵을 보면 치료가 보이고,
- 침묵을 들으면 마음이 보이고,
- 침묵을 이해하면 신뢰가 열린다.

치과의 본질은
'입을 치료하는 공간'이 아니라
'말하지 못하는 감정을 읽는 공간'입니다.

***Dentistry is a work of love.**

감사합니다.

36장

환자의 '작은 변화'를 놓치지 않는 법

핵심 단어: 관찰

치과 진료는 작은 변화 하나로 감정이 크게 흔들립니다.

다른 진료는

"조금 아파도 말하면 되고, 몸을 움직일 수 있고,

상황을 스스로 피할 수도" 있습니다.

하지만 치과는 다릅니다.

환자는 누워 있고, 입은 벌려져 있고, 시야는 제한되고,

도망도 못 가고, 말을 할 수도 없습니다.

그렇기 때문에

작은 변화가 큰 신호가 됩니다.

환자는 말하지 않습니다.

하지만 몸은 계속 말합니다.

제가 원내생 시절 가장 기억에 남는 가르침은

'환자의 발끝을 보라'

였습니다.

발끝이 들린다.

주먹을 움켜쥔다.

턱이 긴장하며 몇 mm 올라간다.

호흡이 짧고 얇아진다.

어깨가 움찔거린다.

이건 모두

"지금 불안합니다."

"지금 무섭습니다."

"지금 멈추고 싶어요."

"아파요."

라는 말 없는 메시지입니다.

저는 이 신호가 보이면

거의 반사적으로 치료를 멈춥니다.

그리고 아주 짧게 말합니다.

"아팠나요? 죄송합니다."

"○○ 님 괜찮으세요?"

"조금 쉬었다 할까요?"

"천천히 해도 됩니다."

이 한 마디가

그 사람의 공포를 절반 이하로 낮춥니다.

사람은 사실

아픔보다 예상치 못한 느낌을 더 무서워합니다.

갑자기 시린 느낌,

갑자기 압력이 느껴지는 순간,

갑자기 기구가 닿는 촉감.

이 '갑자기'가 공포를 만듭니다.

그래서 저는

갑자기 느껴지는 감각이 생기지 않도록

미세 단위의 움직임을 의식합니다.

- 기구가 닿기 전 0.3초 멈추기
- 새로운 단계 전 1초 숨 들이마시기
- 직전 "조금 시릴 수 있어요" 말하기
- "심호흡해 볼까요" 유도하기

이런 사소한 행동들이

환자에게는 엄청난 안정감을 줍니다.

어떤 환자분은 이렇게 말했습니다.

"아이고, 고마워요. 너무 무서웠어요."

그 말이 정답입니다.

사람은 '치료의 기술'을 기억하지 않습니다.

사람은 '멈춰 준 순간'을 기억합니다.

사람은 '신경 써 준 미세한 행동'을 기억합니다.
미세한 배려는
관계의 가장 큰 힘입니다.

세스 고딘이 말했습니다.

"성공은 큰 행동에서 오지 않는다.
작은 행동들이 쌓였을 때 신뢰가 형성된다."

치과도 마찬가지입니다.
작은 행동, 배려
그리고 꾸준함
이 작은 변수들이
환자의 마음을 크게 움직입니다.

저는 요즘 '미세함'을 이렇게 정의합니다.
미세함 = 디테일
'잘합니다, 잘해 보겠습니다,
저희는 최고입니다.
우리 치과는 가장 잘 합니다.'
말로 떠드는 건 누구나 할 수 있습니다.
하지만 신뢰가 부족하죠.

잘한다는 것, 뛰어나다는 것은

이 디테일에 드러납니다.

바빠서 도포 마취를 안 하는 경우

마취 전 아플 수 있다는 말을 안 하는 경우

설명 후 바로 치료하는 경우

등

작은 디테일을 잡는 것이야말로

'잘하는' 것입니다.

크게 배려하는 건 누구나 할 수 있습니다.

하지만 치과에서 신뢰를 올리는 건

크게가 아니라 작게입니다.

0.1mm의 움직임,

0.3초의 멈춤,

1mm의 미소,

짧은 호흡 하나.

이런 미세한 차이가

환자의 공포를 진정시키고

그날의 인상을 바꿉니다.

저는 오늘도 진료하기 전 마음먹습니다.

"오늘 만날 사람은

어떤 작은 신호를 보내게 될까?"

"어떤 디테일을 잡으면 환자분이 안심하실까?"

이 질문 하나가

저를 더 나은 의사로 만듭니다.

Dentistry is a work of love.

감사합니다.

37장
수면 내시경? 수면 임플란트!
─ 의식하 진정법

핵심 단어: 진정(鎭靜)

치과 공포를 말할 때

사람들은 늘 '아픔'을 떠올립니다.

하지만 실제로 환자를 가장 힘들게 하는 건 아픔이 아닙니다.

'두려움이 너무 크면 몸이 말을 안 듣는다'는 사실입니다.

이런 환자들이 있습니다.

"원장님… 치료해야 하는 건 알겠는데

손이 떨려서…

몸이 먼저 도망가요."

"생각만 해도 심장이 쿵 내려앉아요."

"의자에 누우면… 숨이 막혀요."

이런 분들에겐

아무리 좋은 설명도

아무리 정확한 기술도

그 순간엔 의미가 없습니다.

왜냐하면,

'공포'는 논리로 설득되지 않기 때문입니다.
이럴 때 필요한 것이
바로 '의식하 진정 요법'입니다.

■ "진정"은 잠이 아닙니다

많은 환자들이 이렇게 오해합니다.
"이거 수면 마취죠? 완전 자는 거죠?"
"기억이 안 나는 거죠?"
아닙니다.
의식하 진정은 잠이 아닙니다.

- 대화가 됩니다.
- 제 말에 반응합니다.
- 스스로 호흡합니다.
- 손을 들면 '쉬고 싶다'는 사인이 됩니다.

하지만
두려움의 볼륨이 100 → 20으로 내려갑니다.
놀랍게도
이 '볼륨 80 감소'가
환자의 공포 전체를 바꿉니다.
완전 무의식이 아닌데도

공포의 뿌리가 무너져 버립니다.

■ 의식하 진정은 공포의 원인을 직접 건드립니다

사람이 치과를 무서워하는 이유는

'통증'이 아니라 '예상 불가능성'입니다.

"언제 아플까…"

"지금 뭐 하는 거지…"

"숨 막히면 어떡하지…"

이런 예측불안이 공포의 핵심입니다.

진정 상태가 되면

이 예측 불안이 크게 줄어듭니다.

몸은 편안해지고,

생각은 느려지고,

두려움은 멀어집니다.

그 사이에서

의사는 더 안정적으로, 더 부드럽게

치료할 수 있습니다.

■ 의사 입장에서도 가장 집중력이 좋은 상태

원장님은 이미 체감하고 있겠지만

수면·진정 상태의 환자는

다음과 같은 장점이 있습니다.

- 과도한 긴장이 없다
- 구강 근육이 부드럽다
- 과민 반응이 줄어든다
- 예상치 못한 움직임이 없다
- 통증 스트레스가 낮다
- 시술의 정확도가 올라간다

이건 단순히 '환자가 편함'이 아니라
의사에게도 최고의 환경입니다.
이 안정된 환경 위에서
더 정교한 치료를 합니다.
진료의 결과 자체가 바뀝니다.

■ 안전이 최우선입니다

진정이라는 단어 때문에 불안해하는 분들이 있습니다.
"이거 위험한 거 아니에요?"
"잠들다가 못 일어나는 건 아니죠?"
아닙니다.
의식하 진정은
프로세스 자체가 안전을 최우선으로 설계된 시스템입니다.

- 맥박

- 산소포화도
- 호흡
- 혈압
- 심전도(필요시)

모든 데이터가 실시간으로 모니터링됩니다.
진정 약물의 용량도
체중·연령·건강 상태·치료 시간에 따라
정밀하게 계산합니다.
의사는
진정 상태를 유지하는 게 목표가 아니라
안전한 범위 안에서 공포를 낮추는 것이 목적입니다.

■ 어떤 사람에게 가장 효과가 있는가?

진정 요법은 모든 사람에게 필요하지 않습니다.
하지만 다음 환자들에게는 혁신입니다.

1. 치과 의자만 보면 심박수가 빨라지는 분
2. 마취만 생각해도 손발이 떨리는 분
3. 트라우마(과거 폭력적·잘못된 시술 경험)가 있는 분
4. 구역 반사가 심한 분
5. 큰 치료(발치·임플란트 등)를 해야 하는데 공포가 큰 분

6. 상담 중 설명은 다 이해하지만 막상 누우면 못 받는 분

이분들은
"진정 요법이 아니면 평생 치과를 못 갈 수도 있는 분들"입니다.
진정 요법은 그런 환자들에게
다시 치료할 용기를 주는 기술입니다.

■ 의사가 환자에게 주는 가장 큰 선물

저는 진정 요법을 이렇게 정의합니다.
"환자의 공포를 대신 들고 치료해 주는 기술."
환자가 감당하기 힘든 순간,
공포를 짊어진 채 누워 있는 순간,
진정 요법은 그 무게를 줄여 줍니다.
그리고 이렇게 말하게 해 줍니다.
"아… 나도 치료받을 수 있구나."
"이제 치과가 그렇게 무섭지 않다."
"드디어 해결할 수 있다."
이 변화는
치아의 변화보다 더 큰 변화입니다.

■ 그래서 저는 진정 요법을 '반드시 설명'합니다

진정 요법은 옵션이 아닙니다.

공포 치유의 핵심 전략입니다.

그래서 저는 상담 때 이렇게 말합니다.

"○○ 님, 지금 필요한 건

용기가 아니라

안전장치입니다."

이 문장을 듣는 순간

대부분의 환자들은 표정이 누그러집니다.

그리고 이렇게 말합니다.

"… 그럼 진정하고 치료할게요.

할 수 있을 것 같아요."

그 한 문장이

치과공포 극복의 시작입니다.

Dentistry is a work of love.

감사합니다.

38장

미니잠(의식하 진정 요법)은 치과 공포를 해결하는 새로운 패러다임입니다

핵심 단어: 혁신

미니잠은 치과 불안을 없애는 새로운 패러다임입니다

치과가 무서운 분들은 공통적으로 이런 말을 합니다.

"아픈 건 참을 수 있는데,

그 과정이 너무 무서워요."

사실 치과 공포의 핵심은 통증이 아닙니다.

'언제 아플지 모른다'는 불안,

'도망칠 수 없다'는 느낌,

'내 몸을 맡겨야 한다'는 두려움입니다.

그래서 아무리 기술이 좋아져도,

아무리 설명을 잘 해도

몸이 먼저 거부하는 분들이 있습니다.

그분들께 수면 치료는

선택지가 아니라 돌파구입니다.

수면 치료는 "자고 일어나면 끝나는 경험"을 만들어 줍니다.

저는 개인적으로 수면 내시경을 좋아합니다.

자고 일어나면 다 끝나 있다는 안도감.

고통을 직접 겪지 않아도 된다는 작은 이득.

그리고

"내 몸을 위해 필요한 일을 했다"는 뿌듯함.

이 경험이

사람의 마음을 얼마나 편안하게 만드는지

직접 겪어 본 분들은 압니다.

치과에서도

바로 이 경험을 드리고 싶었습니다.

수면 치료는 도망이 아닙니다

가끔 이런 질문을 받습니다.

"수면 치료는 너무 편한 방법 아닌가요?"

"참고 치료받는 게 맞는 거 아닌가요?"

저는 이렇게 생각합니다.

아픔을 참는 게 미덕인 치료는

이미 오래전에 끝났습니다.

치과 치료의 목적은

참는 것이 아니라

회복하는 것입니다.

치아를 소중히 여기고 싶은 마음은 분명한데,

도저히 무서워서 치료를 미루고 계셨다면
수면 치료는 회피가 아니라
가장 합리적인 선택입니다.

의식하 진정 치료, 정확히 어떤 치료인가요?
많은 분들이 수면 치료를
"완전히 기절하는 것"으로 생각하시는데,
치과에서 사용하는 의식하 진정 요법은 조금 다릅니다.

- 스스로 호흡하고
- 필요하면 말에 반응하고
- 다만 불안과 긴장이 크게 줄어든 상태
- '의식은 남아 있지만, 공포의 볼륨은 낮아진 상태'

라고 이해하시면 됩니다.

이 상태에서 치료를 진행하면
몸이 긴장하지 않기 때문에
환자도 편하고,
의사도 더 정확하게 치료할 수 있습니다.

"위험하지 않나요?" 가장 많이 받는 질문입니다.
이 질문엔 항상 솔직하게 답 드립니다.

지금까지 단 한 건의 사고도 없었습니다.

이건 운이 좋아서가 아닙니다.

예방을 가장 중요하게 생각하기 때문입니다.

수면·진정 치료에서 안전은

'약이 센가 약한가'의 문제가 아니라

시스템의 문제입니다.

■ 안전을 만드는 세 가지 핵심

1. 철저한 사전 문진과 검사

모든 분이 수면 치료 대상은 아닙니다.

기존 질환, 복용 약, 전신 상태를 꼼꼼히 확인합니다.

2. 정밀한 모니터링 시스템

치료 중에는

산소포화도, 맥박, 혈압, 호흡 상태를

실시간으로 감시합니다.

"지금도 안전한지"를 계속 확인합니다.

3. 즉각 대응 가능한 준비

조금이라도 이상 신호가 보이면

즉시 중단하고 대응할 수 있는

전문 인력과 장비가 준비되어 있습니다.

4. 최소 진정시간

위험도를 더욱 낮추는 최소량의 약제만 투여합니다.

MINI-sedation, 즉 미니잠입니다.

수면·진정 치료는

이 네 가지가 갖춰질 때

비로소 매우 안전한 치료가 됩니다.

그래서 정성플러스치과 강서마곡점에서는 의식하진정법을 안전하게 최소로만 한다는 다짐으로 '미니잠'이라 칭합니다.

실제로 얼마나 안전할까요?

의학적으로도

표준 가이드라인을 지킨 진정 치료는

중대한 사고 발생률이 매우 낮은 치료로 알려져 있습니다.

중요한 건

'수면 치료를 하느냐'가 아니라

'어디에서, 어떤 시스템으로 하느냐'입니다.

미니잠치료가 가장 큰 변화를 만드는 순간

미니잠치료를 받고 난 뒤

가장 자주 듣는 말이 있습니다.

"원장님, 벌써 끝났어요?"

"기억이 거의 없어요."

"이제 치과가 덜 무서워졌어요."

이 말이 의미하는 건 단순합니다.

치아 하나를 고친 게 아니라,

치과에 대한 기억 자체가 바뀌었다는 뜻입니다.

이 변화는

다음 치료를 가능하게 만들고,

정기 검진을 가능하게 만들고,

결국 치아를 지켜 줍니다.

치과 불안을 없애는 혁신

미니잠치료는

모든 분께 필요한 치료는 아닙니다.

하지만

치과가 너무 무서워서

지금까지 아무것도 하지 못하셨던 분께는

인생의 흐름을 바꿀 수 있는 치료입니다.

저는

치과 치료가

용기를 시험하는 시간이 아니라,

안전하게 회복하는 경험이 되길 바랍니다.

그 경험을

가능하게 만드는 방법 중 하나가
바로 미니참치료입니다.
감사합니다.

dentistry is a work of love.

39장

미니잠임플란트 ─ 가장 무서운 치료를 가장 안전하게 만드는 치료

핵심 단어: 미니잠임플란트(睡眠植牙)

임플란트는

치과 치료 중에서도 '공포 1순위'입니다.

뼈, 나사, 절개, 출혈, 마취…

환자들은 단어만 들어도

몸이 굳습니다.

하지만

미니잠치료가 결합되면

이 "가장 무서운 치료"가

"가장 편안한 경험"으로 바뀝니다.

오늘은 그 과정을

심리·약물·장비·안전·결과

모든 측면에서 정리해 보겠습니다.

■ 미니잠 + 임플란트 = 공포를 뿌리째 줄이는 조합

미니잠치료는

완전히 잠을 재우는 마취가 아닙니다.

정확히 말하면,

"잠들지는 않지만, 두려움의 회로가 일시적으로 꺼진 상태"입니다.

- 대화 가능
- 지시에 반응
- 스스로 호흡
- 통증은 현저히 감소
- 기억은 흐릿해짐
- 공포는 거의 소거

이 상태에서 진행되는 임플란트를

저는 이렇게 설명합니다.

"몸은 편안하고, 마음은 차분하고,

치료는 정확하게 끝나는 임플란트."

■ 어떤 약을 쓰는가 — 미다졸람 / 케타민 / 프로포폴

미니잠임플란트는

세 가지 약물이 가장 많이 사용됩니다.

1. 미다졸람(Midazolam)

- 벤조디아제핀 계열

- 불안 완화 효과가 가장 뛰어남
- 기억 형성을 억제해 "치료 기억이 흐릿해짐"
- 호흡 억제 위험이 낮음
- 회복 속도가 빠름

미다졸람은 미국치과마취학회(AAOMS)와
미국소아치과학회(AAPD)가 모두
성인·소아 의식하 진정의 1차 약물로 권고합니다.
(참고: AAPD Guidelines on Sedation 2024)

2. 케타민(Ketamine)

- 각성을 유지한 채 고통 인지를 차단
- 심혈관 안정성이 매우 높음
- 천식, 고혈압 환자에게도 비교적 안전
- 진통 효과 탁월

케타민은
"호흡 억제 가능성이 가장 낮은 진정제"로 분류됩니다.
(참고: Green et al., Annals of Emergency Medicine, 2011)

3. 프로포폴(Propofol)

- 가장 빠른 진정 유도

- 진정 깊이를 정교하게 조절 가능
- 회복이 빠르고 숙취 느낌이 거의 없음

프로포폴은
"빠른 onset + 빠른 회복 + 낮은 오심률"로
수술용 진정제의 골드스탠더드입니다.
(참고: ASA Sedation Guidelines 2023)

■ 길항제(Flumazenil) — 진정약의 안전벨트

진정 요법에서 가장 중요한 장치 중 하나는
길항제(해독제)입니다.
미다졸람이 과하게 작용하거나
깊은 진정으로 넘어갈 위험이 있을 때

- 길항제 플루마제닐(Flumazenil)이 즉시 작동
- 1~2분 내 각성
- 약효가 빠르게 사라짐

즉,
"진정제가 작동하는 만큼,
그 진정제를 즉시 되돌리는 장치도 있다."
이게 안전성을 기하급수적으로 올립니다.

플루마제닐은

벤조디아제핀 과량 투여 시

99% 이상의 역전 효과를 입증했습니다.

(참고: BMJ Clinical Evidence, 2017)

■ 전문 모니터링 장비 — 현대 수면 치과의 표준

미니잠임플란트의 안전은

'약물'로 결정되지 않습니다.

모니터링 시스템이 만듭니다.

실제 진정 치료 · 수면 임플란트 시에는

다음 항목이 실시간 모니터링됩니다.

- 산소포화도
- 맥박
- 혈압
- 호흡수
- 심전도
- 호기말 이산화탄소($ETCO_2$, 필요시)

센서 6개, 모니터 1개, 의사 1명, 스탭 1명

이 모든 체계가 동시에 움직여야

비로소 안전한 진정이 됩니다.

■ **수면·진정 사고의 빈도 —"1만 분의 1도 안 된다"**

수면·진정 치료는 위험한 것처럼 느껴지지만

현대 장비 + 표준 프로토콜을 지키면

사고 확률은 극도로 낮습니다.

미국진정치과학회(AAPD, 2022) 발표:

▶ 성인·소아 모든 진정 시

중대 합병증: 10,000건 중 1건 이하

(발생률 < 0.01%)

그마저도 대부분은

- 무장비

- 무자격

- 표준 지침을 지키지 않은 경우

에서 발생했습니다.

올바른 조건에서는

치과 진정은 치과 마취 중 가장 안전한 영역입니다.

■ **미니잠임플란트가 실제로 환자를 어떻게 바꾸는가**

미니잠임플란트의 핵심 장점은

단순히 "편하다"가 아닙니다.

1. 공포 → 편안

2. 무의식적 긴장 → 부드러운 근육

3. 갑작스런 움직임 없음 → 시술 정확도 상승

4. 혈압·맥박 안정 → 출혈 감소

5. 환자 기억 흐림 → 트라우마 방지

이 변화 때문에

미니잠임플란트는

결과의 질을 높이고,

환자의 경험을 바꾸고,

치료의 속도를 빠르게 합니다.

■ 미니잠임플란트는 "겁 많은 사람"이 아니라

"치료가 반드시 필요한 사람"을 위한 기술

다시 말하지만,

미니잠임플란트는 '겁 많은 사람용 옵션'이 아닙니다.

- 치주염이 심해 발치·뼈이식을 차일피일 미루던 사람

- CT만 보면 구역질 나는 사람

- 잇몸 질환 때문에 5년 미루면 임플란트 자체가 어려워지는 사람

- 공포 때문에 스케일링도 못 받아 치주 상태가 급속히 악화되는
  사람

이분들에게 미니잠임플란트는

치료의 마지막 기회이자,

삶을 지키는 선택입니다.

■ 그래서 저는 미니잠임플란트를 '치과 공포의 탈출구'라고 말합니다

이제는 이런 말을 자주 듣습니다.

"원장님, 임플란트가 이렇게 덜 무서울 줄 몰랐어요."

"기억이 안 나는 게 너무 좋아요."

"이제 치과가 예전 같지 않아요."

"진작 할걸 그랬어요."

치아가 바뀌면 식생활이 바뀌고

식생활이 바뀌면 삶의 질이 바뀝니다.

그리고

공포 없이 받은 임플란트는

치료 자체보다 삶의 의미를 바꿉니다.

저는 그래서

수면·진정 임플란트를

치과 공포 환자의 '두 번째 기회'라고 부릅니다.

Dentistry is a work of love.

감사합니다.

40장

결국 환자가 원하는 건 '안전한 경험'입니다

핵심 단어: 경험(經驗)

사람들은 치과에 '치료'를 하러 온다고 생각하지만

실제로는 그렇지 않습니다.

사람은 치과에 '치료' 때문에 오지 않아요.

사람은 치과에

"불안에서 벗어나고 싶어서" 옵니다.

어떤 환자는 이렇게 말했습니다.

"원장님, 저는 그냥…

'끝났다'는 느낌만 들면 돼요."

가만히 들여다보면

이 한 문장이

치과의 본질을 정확히 말합니다.

환자가 원하는 건

완벽한 치료도,

빠른 손기술도,

저렴한 비용도 아닙니다.

환자가 원하는 건 '오늘 나는 안전했다'는 감정입니다.

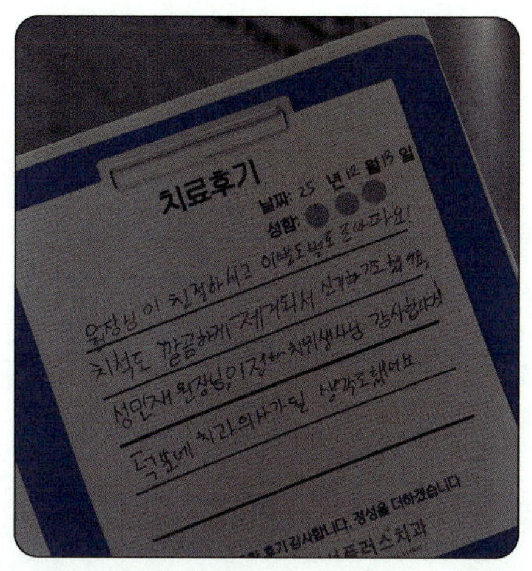

■ '치과가 너무 무서웠던 여중생의 후기'

'치과 의사가 될 생각도 했어요'

- 원장님이 친절하시고 이빨도 안 아파요! 치석도 깔끔하게 제거되
서 신기하기도 했어요. 성민재 원장님, 이○○ 치위생사님 감사합
니다!
덕분에 치과 의사가 될 생각도 했어요!

치과에서 진짜 안심이 되는 경험을 하면 팬이 됩니다.

저 아이는 특별한 환자가 아니었습니다.

공포심이 심한 환자도 아니고,

심한 수술이 필요한 것도 아니고,

충치 치료 한 개 했습니다.

바로 치료하기 전

굳어 있는 표정을 보고

"안녕~ 이름이 뭐예요?"

질문하며 2, 3분간 대화를 나눈 게 다입니다.

이 감정을 느끼면

사람은 결과를 잊고

경험을 기억합니다.

1. 치료가 아무리 좋아도 경험이 불안하면

사람은 그 병원을 다시 오지 않습니다.

좋은 보철 제작,

정확한 치료,

정밀한 식립.

의사 입장에선 모두 중요한 일입니다.

하지만 환자 입장에서는

자신이 느꼈던 감정만 남습니다.

"원장님이 날 아빠처럼 돌봐 줬다."

이 경험이 신뢰를 만듭니다.

치과는

기술로 평가받는 곳이 아니라

경험으로 기억되는 곳입니다.

2. 공포를 가진 환자는

통증보다 '나의 존재감'을 먼저 평가합니다

공포가 큰 환자들은

통증보다 '존중'을 더 두려워합니다.

"내가 민폐가 아닐까?"

"나 때문에 진료가 밀리지 않을까?"

"말하면 짜증낼까?"

"나처럼 겁 많은 사람을 싫어하지 않을까?"

이 불안 때문에

사람들은 치과를 미룹니다.

즉,

공포의 본질은 아픈 게 아니라

나를 어떻게 대할까에 대한 두려움입니다.

그래서 이렇게 말하는 치과는

사람의 마음을 흔듭니다.

"○○ 님, 무서운 건 너무 당연합니다."

"쉬었다 해도 괜찮습니다."

"말씀 못 하셔도 괜찮습니다."

"언제든 멈출 수 있습니다."

이 말들은
치료의 일부가 아니라
존재감의 회복입니다.
존재감이 회복되면
통증도, 공포도, 긴장도
절반으로 줄어듭니다.

3. 결국, 치과는 '기술'로 오지만
'경험'으로 남는다
저는 매일 이렇게 느낍니다.
임플란트를 잘 심었다고 해서
그 환자가 나를 평생 기억하는 건 아닙니다.
사랑니를 완벽하게 뺐다고 해서
그 환자가 마음을 열어 주는 것도 아닙니다.
환자가 기억하는 건
딱 세 가지입니다.

- 그날의 공기
- 그날의 존중
- 그날의 나를 대하는 방식

이 세 가지가 합쳐져

하나의 문장으로 남습니다.

"저 치과는 편안해."

편안함은 기술이 아니라

경험의 총합입니다.

4. 그래서 저는 결론을 이렇게 말합니다.

환자는 덜 아프고 싶어서 오는 게 아니라

덜 불안하고 싶어서 옵니다.

환자는 치아를 치료하러 오는 게 아니라

마음을 회복하러 옵니다.

환자는 기술자를 찾는 게 아니라

나를 안전하게 해 줄 사람을 찾습니다.

이걸 아는 순간,

치과는 기술의 공간이 아니라

경험을 설계하는 공간이 됩니다.

5. 당신이 이 책을 읽고 있다면

진료를 잘하는 의사보다

기억에 남는 의사가 되고 싶은 분일 것입니다.

사람은 기술을 잊어도

경험은 오래 잡고 있습니다.

사람은 치료 계획은 몰라도

"그날 공기가 따뜻했다"는 기억은 남겨 둡니다.

그게 치과 의사의 진짜 실력이고

환자가 다시 돌아오는 이유입니다.

그리고 저는 이렇게 믿습니다.

치과의 본질은 아픈 이를 고치는 것이 아니라

무너진 마음을 회복시키는 일이다.

기술은 기본입니다.

경험은 의사만이 만들 수 있습니다.

경험이 바뀌면

공포가 사라집니다.

그리고 그 경험을 설계하는 사람은

바로 우리입니다.

Dentistry is a work of love.

감사합니다.

매일같이 바쁘게 진료하던 2025년 어느 날이었습니다. 고구마 한가득 들고 유○○ 환자분이 제게 인사하러 오셨습니다.

과분하게도 많은 환자분들이 제게 감사 인사, 선물 등을 주시는데 이분은 특별했습니다.

잇몸 뼈가 워낙 없어서 틀니 치료를 해야 했습니다. 건강이 좋지 않고, 뼈도 심하게 없는 편이라 많은 치과를 다녔지만 치료에 대한 확신도 받지 못했고, 여러 군데서 거절당했습니다.

그러던 차 저희 치과에 오셨습니다. 놀라운 점은….

제가 치료하지 않았습니다.

저한테도 쉽지 않은 치료라 틀니를 정말 잘 하시는 '알프스치과' 박

경아 원장님'께 의뢰 드렸습니다.

그 과정에서 윤○○ 님의 고충을 충분히 들어드리고, 치과 찾는 것이 힘드실 테니 직접 안내 드린 것이 전부입니다. 제가 치료한 것은 전혀 없었습니다.

치료 잘 받고 있다는 소식을 간간히 듣고 잊고 지냈는데 제게 일부러 오셨습니다.

좋은 치과 소개해 주셔서 정말 감사하다고, 김치 박스에 고구마를 한 가득 쪄서 오셨습니다. 감동적인 순간이라 그 순간 저도 오열하고, 이분도 오열했습니다. 지금도 적으면서 그때 감정이 올라오며 눈시울이 붉어지네요.

치과 의사로서 제가 한 발짝만 정성을 더하면 누군가에겐 정말 큰 도움을 줄 수도 있다는 스토리를 제 마음에 항상 간직하겠습니다.

Dentistry is a work of love.
감사합니다.

장인정신으로 치과 불안을 제거하겠습니다.

2026년 3월 23일

치과 불안 없애는 40가지 방법

ⓒ 성민재, 2026

초판 1쇄 발행 2026년 3월 23일

지은이   성민재
펴낸이   이기봉
편집   좋은땅 편집팀
펴낸곳   도서출판 좋은땅
주소   서울특별시 마포구 양화로12길 26 지월드빌딩 (서교동 395-7)
전화   02)374-8616~7
팩스   02)374-8614
이메일   gworldbook@naver.com
홈페이지   www.g-world.co.kr

ISBN   979-11-388-5737-6 (03810)